SILICONE XXI

ALFREDO SIRKIS

ubook ubk Publishing House

COORDENAÇÃO Alessandra Brito
REVISÃO William Bastos e Cristina Barcia
PROJETO GRÁFICO Studio Oorka
ILUSTRAÇÃO Bruno Romão
CAPA Ana Borelli

Dados Internacionais de Catalogação na Publicação (CIP)
(Câmara Brasileira do Livro, SP, Brasil)

Sirkis, Alfredo
Silicone XXI / Alfredo Sirkis. -- Rio de Janeiro : Ubook Editora, 2020.

ISBN 978-65-990728-6-4

1. Ficção científica brasileira I. Título.

20-34798 CDD-869.308762

Ubook Editora S.A
Av. das Américas, 500, Bloco 12, Salas 303/304,
Barra da Tijuca, Rio de Janeiro/RJ.
Cep.: 22.640-100
Tel.: (21) 3570-8150

SUMÁRIO

FILHO DE PLÚTON

RAMON

A Liliana e Eugênio, meus pais.

“Pode o homem bruto, adstrito à ciência grave,
Arrancar, num triunfo surpreendente,
Das profundezas do Subconsciente
O milagre estupendo da aeronave!

Rasgue os broncos basaltos negros, cave,
Sôfrego, o solo sáxeo; e, na ânsia ardente
De perscrutar o íntimo do orbe, invente
A lâmpada aflogística de Davy!

Em vão! Contra o poder criador do Sonho
O Fim das Coisas mostra-se medonho
Como o desaguadouro atro de um rio...

E quando, ao cabo do último milênio,
A humanidade vai pesar seu gênio
Encontra o mundo, que ela encheu, vazio!”

– Augusto dos Anjos, “O fim das coisas”

OLYMPUS AEROTEL

1

"Galinha queimada", fareja o inspetor Balduíno ao escancarar com o pé a porta da suíte 303. Há um forte odor de cabelo misturado com outro, ainda mais desagradável, de borracha queimada. Balduíno fica uns instantes na soleira da porta imóvel, alerta. Atrás dele se acotovelam seu auxiliar Tatau Padilha, Pepe Moscoso, dono do estabelecimento, Juvenal, o recepcionista humano, e o dr. Xuxu, robotologista de plantão, todos espichando o pescoço, tentando ver o que aconteceu ali dentro: lençóis pelo chão, uma calcinha, cacos de espelho, um buraco fumegante na cortina, dois cadáveres. Dois estranhos cadáveres. Ali de bruços sobre o colchão d'água, um ser de sexo equívoco. Balduíno muito cuidadosamente vira-o de frente expondo as evidências: a(o) desconhecida(o) apresenta um pênis de bom tamanho – não circuncidado, especificará o inspetor no seu relatório – e um par de seios esculturais. Sua cabeleira é farta e crespa, cor magenta com mechas prateadas, e, na região occipital, exibe um orifício fumegante. Enegrecido, cheirando a galinha queimada.

— Temos aqui uma vítima de homicídio, por uma arma "L", provavelmente calibre 16, longo alcance. Mal regulada. O feixe forte demais atravessou o crânio, o espelho, a cortina e se perdeu pela janela. Foi quase à queima-roupa, de baixo para cima. Depois, o criminoso, sem motivo aparente, atirou na robô de serviço...

— Sacanagem — protesta Tatau, interrompendo o monólogo de Balduíno com seu radiogravador de pulso. — O travesti ainda dá pra entender. Humano sempre aparece um motivo, bom ou ruim. Mas barbarizar a robete é demais!

Dr. Xuxu concorda e suspira tristemente. Pepe permanece calado, faz as contas do escândalo e do prejuízo, imitado no silêncio, mas não no pensamento por Juvenal. Balduíno agora examina a outra vítima, achando meio idiota a observação filosófica do seu detetive. O segundo cadáver da suíte 303 é a mucama automática, um robô sobre rodinhas, obeso e assexuado, bem diferente daqueles com finalidades eróticas, que custam até cem vezes mais. A pobre brega sintética levou pelos peitos a descarga, foi transfixada no centro logocardíaco e está cheirando a curto-circuito. Como não tem forma humanoide com rodinhas no lugar de membros inferiores, morreu de pé.

— Chefe, o andrógino não tem documento, limparam os bolsos. Assalto esquisito mesmo.

— Tatau... Assalto num aerotel de luxo com uma pistola "L", privativa das Forças Armadas? Não faz nenhum sentido.

— É, chefe, deve ser pra disfarçar...

— Tatau, em 28 anos de Metropolitana nunca vi um cara tão intuitivo como você.

E Tatau não sabe se leva a sério, aquele quentinho no peito, ou se o chefe está novamente zombando dele com aquele seu estranho humor impregnado de sarcasmo. Opta como sempre pela primeira hipótese, mais gratificante, e acompanha Balduíno com o olhar cheio de deferência enquanto este recolhe as impressões digitais da vítima com o dedal fotomagnético. Chegando no distrito, ele remeterá os impulsos para a MCC (Memória Central Criminal), e se, como se dizia antigamente, o travesti for fichado, será possível a identificação.

Pepe pensa que não vale a pena mandar consertar a robete. Até daria, mas é mais barato comprar uma nova. *El maricón*, aquele é que não tem mais reparo.

— *Desolado de não podelo ayudar mejor, inspector Balduíno. Es que nadie vió nada mismo. Que macana! Como iba saber que iba a dar todo esse lío de la gran puta en mi negocio. Mala publicidad, muy mala, un despelote!*

Balduíno fulminou Pepe com um olhar de suspeição profissional. Não ia com a cara do moteleiro portenho desde a época daquele acidente tragicômico com o minicóptero que errou o terraço da suíte presidencial, felizmente vazia. Pepe tentara suborná-lo e de forma ostensiva. Ficou gelado de surpresa quando aquele crioulão retinto e musculoso, com seus óculos de intelectual e cabelos grisalhos, quase o agrediu fisicamente.

— Nem grana, nem robô cativo, nem cartão de graça! O senhor vai explicar direitinho esse desastre senão interdito o estabelecimento.

Felizmente, a perícia do DACTRAN comprovou sem sombra de dúvida que fora falha mais que humana do piloto, não da sinalização do terraço de pouso. Correram folclores malévolos a respeito. Balduíno foi altamente inconveniente naquela noite do acidente e deixou a imprensa bisbilhotar tudo. É aparentemente incorruptível, detestado pelos donos de aeroteis na área do Novo Rio e lá está Pepe de novo às voltas com ele, em situação ainda mais delicada que a primeira, um homicídio. Balduíno é uma esfinge de ébano, indecifrável, pronta para devorá-lo.

— *Muy mala publicidad* — insiste. — *Peor que el accidente aquel.*

Balduíno se comunica com a central, chama a perícia, legista, juiz de instrução. E fica olhando o cadáver, meditabundo. Parece mais uma do tal maníaco da pistola "L" que já atacou duas vezes em São Paulo. O mesmo tipo de vítima e em locais sofisticados. É descuidado, ousado, deixa pistas, corre riscos. Esse aerotel, por exemplo, cheio de câmeras de TV. Mas novamente não foi visto, escapou. Há um misto de profissionalismo e porralouquice, é como se o assassino soubesse que mais cedo ou mais tarde vai ser descoberto, mas estivesse disposto a bancar a parada.

Por que matar suas vítimas em locais de luxo, frequentados pela fina flor da classe A? Por que usar uma arma laser? Nos dois casos anteriores, ele escolhera o mictório do Nuovo Pirandello, o mais caro restaurante da megalópole paulistana, e a sauna do Minas Gerais, um cassino *off-shore* que funciona a bordo de um antigo porta-aviões desativado, ancorado perto de Guarujá. O local da moda para todo tipo de jogos e orgias, a 15 minutos de voo da Paulicéia.

Balduíno sempre se interessou pelos crimes estranhos, pelos mistérios, e vinha acompanhando os dois casos no seu terminal, de pura curiosidade. Agora, por uma estranha coincidência, o maníaco vinha matar bem na sua jurisdição.

No local do crime ficam o obsequioso e grudento Pepe, Juvenal com seu olhar sempre turvo e rasteiro, Xuxu (ainda entristecido com o trágico destino de Marivalda-3) e Tatau, gesticulante, todo empolgado com o caso.

Balduíno sobe ao heliporto do Olympus, e um vento morno, esquisito, bafeja seu rosto. Se detém uns instantes para apreciar a vista da cidade velha. Depois abre a cabine do seu Pégaso HCT-60, de quatro lugares, se instala e dá a partida. Em poucos segundos a nave contorna o morro em direção aos bairros do Novo Rio, aquele lusco-fusco multicolor, entrecortado pelas sombras altas dos morros e pela linha do litoral beirando a mancha escura do mar tranquilo, refletindo os tons prateados de uma meia-lua perfeita.

A imagem do Olympus se afastando fica uns instantes na sua retina, ao longe parece um favo de mel fosforescente, uma enorme margarida dourada no penhasco, entre as corcovas do morro Dois Irmãos. E aquele letreiro de lasers coloridos dançando no breu.

No final do século passado, quando construíram esse negócio, houve muitos protestos, mas hoje ninguém liga mais, faz parte da paisagem, quem conceberia o Dois Irmãos sem o Olympus ali no meio? se pergunta Balduíno. Tatau já disse que parece uma xoxota dourada entre dois seios grandões, disformes. Imaginação dele.

E por falar em mulheres, ando em má fase. Não só a Glória não me deixa em paz e volta e meia liga pra azucrinar; a Shirlene sumiu, deve estar com o francês. A Tânia, perdi o interesse. Sandra não vejo há séculos. Não tou mais me entendendo. Não tem pintado nada. A única que me deixa assim mais interessado é a Lili, aquela moça da televisão. Mas ela não vai querer nada comigo. Até me trata legal, ficamos amigos, em parte deve ser por dever de ofício. Acho que ela não gosta de polícia.

"Qual é, Baldu? Nossa amizade é platônica." Ela já disse isso várias vezes, respondendo a insinuações de levinho. Não é que não goste de mim, até me trata legal, e já me disse: "Baldu, você é o único tira do mundo com quem eu simpatizo." Tem o lance da cor. Mas não é isso. Ela já transou com um *black* pau, andou uns tempos com aquele Otelo Orfeu, ator de TV. Vai ver é lance de idade, ele tem 25, e eu, 52, puta que o pariu.

2

Enquanto isso, no Olympus, Juvenal tenta colocar a cabeça em ordem, arrumar os fatos, parece tudo tão irreal. Há meia hora apenas estava fazendo videopalavras cruzadas numa infinita monotonia, e, de repente, todo esse escândalo: um homicídio na casa.

O Primeiro e Único Aerotel Inteiramente Eletrônico e Automatizado da América do Sul, conforme rezam os prospectos turísticos, é, todo ele, controlado e administrado por Carlos Gardel, um computador que, segundo Pepe, faz tudo menos sexo. O que, aliás, é totalmente dispensável, por não faltarem outras opções variadas. Gardel faz funcionar o radar, a torre de navegação, o guia de piloto automático dos aparelhos que chegam e partem, se encarrega do serviço das suítes e da contabilidade. E ainda ajuda Juvenal com suas palavras cruzadas. Recebe ordens vocais de Pepe e Juvenal, tem vários programas de papo furado, anedotas, e canta tangos com uma voz inesquecível, a pedidos. Daí a alcunha.

Naquela sala esférica, cheia de monitores e luzinhas, a presença de Juvenal é perfeitamente dispensável, quase sempre ele fica apenas acompanhando com a vista o vaivém dos minicópteros, ultraleves, motoasas, zepelins, os pedidos das suítes e as operações automáticas com a rede bancária. Gardel cuida de tudo.

– *Plim, plom*. Boa noite, gentil casal. Aqui, Gardel, gerente informático do Olympus, às suas ordens. Acabo de receber o seu sinal na frequência 50 TX e tenho a satisfação de comunicar-lhes que está livre a suíte 303, vista para o mar, serviço completo de bar e restaurante *in loco*. Por gentileza, sintonizem a frequência 36 TX para maior segurança do pouso automático no heliporto Olympus. Queiram em seguida apresentar o cartão magnético na ranhura junto ao elevador C. Muito obrigado e bom proveito.

A voz de Gardel é grave, aveludada, e seu papo, quase prolixo. Dependendo da senha eletrônica, a comunicação podia ser estabelecida em inglês, francês, japonês, espanhol, italiano, alemão, sueco, árabe, hebraico, chinês, sânscrito e um punhado de outros idiomas. Ao introduzir o cartão, o cliente tem acesso aos elevadores e à suíte indicada, já debitando na conta do Olympus a noitada ou o período. Automático, eficiente, impessoal.

Naquele dia, tudo corria normalmente. Juvenal notou que ainda era cedo quando chegou o Centauro prateado com o casal do 303. Depois viu quando encomendaram uísque, gim e cebolinha do Zambeze, um poderoso afrodisíaco africano. Viu Gardel acionar Marivalda-3. Notou que o casal escolhera apenas o serviço normal. Nada de extras.

Porque há extras no Olympus, só que a preços um tanto escabrosos, mesmo para a seleta clientela. A grande atração, naturalmente, são os érobos, robôs eróticos de ambos os sexos e comportamento programável. Pepe não é muito entusiasta de alugá-los, porque são danificados com uma frequência assustadora.

Juvenal suspeita também que Pepe tenha ciúmes de pelo menos dois deles: Isadora e Valentino.

Os ocupantes do 303 não pediram extras, disso ele se lembra perfeitamente. Lembra também do Centauro MH-2000 pousando, uma mancha prateada na tela do monitor. Não se preocupou em mandar Gardel acionar a câmera da porta do elevador C ou a do corredor. O cartão tinha fundos, estava tudo OK no check-in eletrônico, então por que sermos indiscretos? Juvenal tem a ética da velha hotelaria, e mais de trinta anos no ramo lhe ensinaram que o melhor é cuidar da própria vida e não se meter na dos outros. Esse foi talvez um dos motivos que levaram Pepe a escolhê-lo, com mais quatro funcionários, dentre os vinte e poucos do velho Pepe's da Barra da Tijuca, sua glória e fortuna, quando resolveu comprar o Olympus de um outro moteleiro argentino. Juvenal é o seu tomador de conta no sentido mais vago, sem função definida, mas é como se Pepe não confiasse totalmente em Gardel ou não quisesse se separar do seu antigo recepcionista de carne e osso. A presença humana não podia ser totalmente dispensada, mesmo naquele Templo da Tecnologia a Serviço do Prazer.

Juvenal descobriu um dia, inteiramente por acaso, a existência de câmeras ocultas nas suítes. Secretas, miniaturizadas, do tamanho de um palito de fósforo. Não estavam ligadas a Gardel, faziam parte de um circuito paralelo que Pepe acionava de sua suíte privativa, nos seus cada vez mais frequentes surtos de voyeurismo ou sempre que suspeitava de algo anormal. Juvenal não gostava disso. Nos dias em que ficava com raiva do patrão, fantasiava denunciá-lo na praça e mudar de emprego, mas, comodista, acabava desistindo e se reconciliando com a sorte. Tinha uma relação esquisita com o patrão; Pepe o protegia, mas humilhava em pequenas coisas que foram se acumulando com os anos. Certos dias, Juvenal o odiava.

Mas ia levando a vidinha, quase inútil com suas palavras cruzadas, acompanhando os indícios eletrônicos da passagem daqueles casais que quase nunca via. Eles também não o viam, como a nenhum dos outros quatro empregados humanos.

A Pepe Moscoso, porém, a distinta clientela via no telão atrás da cama, antes do cardápio. Aparecia de supetão com a vinheta musical de fundo, sua bigodeira de *latin lover*, seus olhos melosos castanhos e seus dentes alvos brilhantes a dar as boas-vindas.

– *Buenas, bienvenidos al Olympus Aerotel, Templo de la Tecnologia del Prazer. Estamos muy contentos en colaborar con su libido. A casa les deseja los mejores orgasmos posibles. Gracias. Esto es una grabación.*

Essa última informação Juvenal insistira muito com o bronco Pepe para que figurasse na mensagem, pois ouvira dizer que os clientes se sobressaltavam ao vê-lo no telão. Dava a incômoda e constrangedora sensação do videofone, o receio daqueles olhos amendoados estarem a devassar-lhes a nudez. Mas o telão, como qualquer um pode verificar, é cego, não havendo, por razões óbvias, videofones nas suítes. Os surtos de voyeurismo de Pepe passam por meios mais discretos, minúsculas câmeras escondidas no teto cuja abóbada azul dá uma sensação de infinito.

Juvenal não fixou a hora em que aquele Centauro prateado deixou o aerotel, nem reparou que o piloto decolara sozinho, sem acompanhante. Só veio estranhar uns vinte minutos depois, quando Gardel, com sua voz neutra monocórdia, comunicou:

— Marivalda-3. PANE. Acionei arrumação. Não responde. Nenhum registro de defeito. Está desconectada.

Juvenal se animou, saiu do torpor entediado, finalmente aparecia algo para ele fazer, um imprevisto fora da alçada de Carlos Gardel. Estranho o cliente ter desligado a robete. O interruptor tinha uma senha especial. Meio cabreiro, chamou pelo interfone o robotologista Lucrécio Sá, o dr. Xuxu.

— Xuxu, por favor, dê uma passadinha no 303 e veja o que houve com a Marivalda-3. Gardel diz que foi desligada.

— Tá legal — respondeu, metalicamente, a voz do outro lado.

Juvenal, embora curioso com o incidente fora de rotina, logo se distraiu com novas chegadas: na tela, aquelas naves pareciam maribondos gigantes pousando na grande margarida. Depois, acompanhou os pedidos e voltou os olhos para as palavras cruzadas, no vídeo auxiliar. Já tinha quase esquecido o problema com a robete quando se admirou com a estridência da voz de Xuxu pelo interfone:

— Juvenal... Juvenal... Chame Pepe. Imediatamente. Tem uma pessoa morta no 303. E mataram também a robete... com raio laser... É horrível...

3

— Estamos aqui no distrito central do Novo Rio, com o inspetor José Balduíno, considerado um dos investigadores mais capazes da Polícia Metropolitana. Inspetor, esse crime no Olympus pode ser atribuído ao maníaco da pistola "L", o mesmo que matou aqueles dois travestis em São Paulo?

— Bem, senhorita, é o que estamos investigando. Há muita semelhança. Mesmo tipo de arma, local caro e sofisticado. Tudo leva a crer que seja o mesmo.

— Trata-se realmente de um louco?

— Pelos estudos caracterológicos que estamos efetuando, usando inclusive dados de outros países que chegam pela Interpol, vem a convicção de que se trata efetivamente de um desequilibrado mental, um psicótico que, quase seguramente, não conhece nem teve contato anterior com as vítimas, o que dificulta muito as investigações. Trata-se certamente de uma pessoa de aparência normal. Chegamos a algumas outras conclusões também, mas não posso ainda lhe adiantar para não atrapalhar o curso das investigações.

— Que medidas o senhor recomenda para as vítimas em potencial? Há rumores de que a comunidade gay estaria estudando providências de autodefesa nos seus bairros...

— Desconheço esse fato. Não acho que haja especificamente uma ameaça à comunidade gay. O assassino tem atacado travestis, pelo menos foi o caso do litoral santista e do Olympus. O primeiro crime, no restaurante paulistano, foi um homossexual não travesti, ainda assim com alguns atributos femininos. Suponho que a forma de se acautelar é tomar cuidado com desconhecidos em locais luxuosos.

— Não tem havido uma certa negligência da polícia pelo fato de as vítimas fazerem parte de uma minoria pouco apreciada na instituição?

— De forma alguma, senhorita. São cidadãos como quaisquer outros, e pessoalmente não medirei esforços para prender o culpado. A vida privada das vítimas não me interessa.

— Última pergunta, inspetor. O senhor não acha estranho o assassino usar a pistola "L" privativa das Forças Armadas, muito rara no país, com apenas algumas dezenas de exemplares em uso?

Balduíno, até agora tão bem na entrevista, tenta disfarçar, mas não dá: 150 milhões de telespectadores veem quando engole em seco, pisca nervosamente e passa a mão no queixo antes de responder, aí já com a sua segurança e fleuma de gentleman:

— Ora, senhorita, são tudo conjecturas, observe que esse tipo de arma raro no Brasil é bem menos em certos outros países e pode eventualmente ser contrabandeado aqui para dentro. Em todo caso, estamos investigando todas as hipóteses, até as mais absurdas. É o que posso dizer no momento.

— Muito obrigado, inspetor Balduíno. Até breve. Lili Braga para a TV-3 Notícias...

E Lili guardou o microfone no bolso, como se fosse uma caneta, fez sinal para Vinícius, o câmera, se afastar e, cochichando, pediu um papo em off com Balduíno. O inspetor gostava daquela garota arrojada, desbocada. Dera-lhe uma boa imagem no caso do triplo homicídio das ilhas Cagarras. Também tinha dado uma força durante a sua breve, porém tempestuosa gestão à frente da Delegacia de Defesa do Consumidor e do Meio Ambiente, de onde fora removido por pressão de forças nem tão ocultas assim. Mas a menina era meio radical e fazia cada pergunta...

Fugir dela era impossível. Quase tão impossível quanto tê-la nos braços. Volta e meia Balduíno se flagrava pensando nela. Sentimentos cândidos de proteção paternal se alternam com lampejos de desejo intenso, dilacerante.

4

Lili recolheu a bolsa, aprumou a mecha loira rebelde e saiu de levinho do gabinete sob o olhar faminto de Balduíno. Ela ia ligar mais tarde, para o papo em off. O inspetor ficou absorto com seus papéis, laudos, relatórios. Apesar dos seus computadores, a Polícia Metropolitana ainda não se conformara em dispensar a prosaica figura do escrivão cata-milho nem as montanhas de papelório, manchadas de café entre cinzeiros transbordantes de guimbas.

Mas Balduíno gosta daquele ambiente. Quando está empenhado num caso, fica às vezes dias sem voltar para casa; dorme ali mesmo, no sofá, encostado ao armário de metal pintado de marrom glacê, onde guarda as ferramentas. Uma escopeta .12 automática, cano curto, sem recuo, uma submetralhadora Uzi, e um velho, mas transadíssimo Smith & Wesson .38. Não costuma andar armado, e mesmo na maioria das diligências dispensa essa artilharia, mas há casos em que abre o armário e vai à luta.

Agora ele sente aquela angústia-excitação-paranoia que o visita quando o caso cheira a perigo. A angústia, mas o desafio.

A consciência do perigo, mas a confiança. A certeza sarcástica da sobrevivência aliada ao fatalismo de que, no final das contas, não há escapatória: um dia, a velha senhora chega capinando com sua foice.

Que gênero de homem será esse maníaco? Um lunático, um sádico? Um tímido com explosões de ódio? Um religioso integrista homofóbico numa cruzada santa? Um psicopata que quer transformar tudo no seu estande de tiro particular e que resolveu começar pelo que lhe parece mais digno da sua prepotência, os andróginos? Uma bicha perversa, *refoulée*, um enrustido cheio de respeitabilidade machona? Quinze anos de análise levam Balduíno a procurar o freudiano dos seus criminosos.

Ele vai passar a noite no gabinete, dormir ali mesmo, e amanhã cedinho cair firme no caso. São cinco minutos voando, mas prefere ficar a dormir em casa, sozinho. Seu apartamento no último andar de um espigão do Novo Rio é a perfeita expressão da solidão: uma robete enguiçada na cozinha, que não se anima a mandar consertar – deu de cuspir os pratos como uma metralhadora —, montes de panelas sujas na pia, sala congestionada de jornais, romances policiais baratos, disquetes, cinzeiros cheios de guimbas. Os retratos dos seus filhos. O de Glória, sua ex, conserva guardado numa gaveta. Olha só de vez em quando, envergonhado com a concessão.

Aquela última fase foi tétrica: brigas, mágoas, agressões, alfinetadas, longos dias sem falar, lágrimas e, finalmente, o divórcio litigioso. Quatorze anos acabando diante da vara de família. Glória ficou com os garotos, mudou para a Zona Sul, é recepcionista num consultório médico. Ele paga uma pensão, mas não reclama, o filho mais velho, Ramon, é meio atrapalhado, estourado, só quer saber de esportes. Zeca, o mais novo, é pintor. Nenhum pensa em seguir a carreira do pai, felizmente.

Isso lhe dá um magoado alívio, difícil de explicar, a mesma sensação que lhe provocava a cor deles, que saíram mais para a mãe, brancona. Ramon é parecido com ele: alto, ombros largos e pernas meio tortas de *cowboy*, mas sua tez é de um mulato muito claro, e seus olhos são verdes como os da mãe. Já Zeca é mais escuro, não liga tanto para esportes, é mais sensível, sempre foi seu protegido.

Balduíno tinha orgulho dos filhos fortes, bonitos, cobiçados pelas mulheres e elogiados e admirados pelos colegas. Mas sentia mágoa, uma mágoa pequenina, sutil, escondida, doendo como um espinho. Eles quase nunca apareciam, deixavam o velho às baratas. Ramon vinha visitá-lo de vez em quando, sempre pedindo algum favor ou serviço e com um ar magoado, esquisito. Zeca vinha ainda mais raramente, por saudades, ainda que crítico, quase sempre:

— Por que cê não larga isso, pai, e vai curtir a vida? Tanta coisa melhor pra fazer...

Como explicar para o Zeca, Ramon, e Lili também, que ele gostava daquele gabinete enfumaçado, cheio de papéis, que tinha um prazer quase físico de sair em campo, seguir as pistas até chegar ao culpado e elucidar o crime, um gozo desportivo de caçar o malfeitor e prendê-lo vivo, apresentando-o ao juiz de instrução com todas as provas? Balduíno, ao se abandonar às fantasias que, apesar do meio século de vida, ainda continuavam a visitar sua solidão, era todos aqueles heróis da vida ou dos romances policiais do século passado: Holmes, Poirot, Marlowe, Spade, Perpétuo de Freitas. Policiais "éticos", detetives românticos.

A vaidade de Balduíno era ser o intelectual da polícia, o que conhecia todas as histórias, e também o farejador, o instintivo. Essa imagem tinha suplantado aquela outra, dos seus primeiros anos na profissão, bom de briga e grande atirador. Atualmente não era mais páreo para os colegas jovens, e uma meia dúzia deles acertava na mosca com mais frequência, mas Balduíno ainda era respeitado e temido.

Matara duas vezes em legítima defesa, uma bem no início da carreira e outra uns cinco anos atrás. Era a vida dele ou a dos bandidos. Depois teve aquele terceiro, cuja lembrança o atormentava. Infiltrava-se em seu cotidiano nas horas mais impróprias, povoando seus pesadelos.

Durante seis meses, Balduíno perseguira Licão Sombra, o assaltante estuprador. Cercado numa garagem, ele atirou em Balduíno, visivelmente apavorado. Foi ferido, largou a arma e se arrastava pelo chão gemendo. Tinha a sua cor e o porte parecido. Acostumara-se a assaltar apartamentos de mulheres sozinhas e violentá-las. Balduíno, com sua bronca especial de estupradores, viu no chão da garagem aquele homem ferido a rastejar como uma lombriga, deixando para trás um filete de sangue, e teve a sensação estranha de se ver no chão. Aquele lagarto negro sujo de sangue era ele próprio. O vulto rolou para o lado e pareceu querer botar a mão no bolso. Mais que depressa veio o estrondo ensurdecedor da escopeta .12, a revoada de chumbo que transformou sua cabeça numa massa sanguinolenta, esparramando os miolos pelo chão da garagem.

Não foi tanto o arrependimento de tê-lo matado. Era um bom filho da puta e merecia. Nem tampouco a vergonha de ter descoberto, logo em seguida, que não havia arma alguma naquele bolso. Foi mais aquela sufocante lembrança do momento de loucura em que se viu, ao mesmo tempo, presa e caçador, alvo e justiceiro, polícia e bandido, aquele prazer mórbido, quase erótico, de que atirava em si mesmo, nalguma parte de si de que não gostava.

Levou para o analista a lembrança daquele grande lagarto pardo, viscoso, gosmelento, sem a parte posterior do crânio, o cérebro espalhado pela garagem. Aquele prazer estranho, quase orgástico, mas suicida, de matar e se matar, e juntos chegaram a uma série de interpretações muito lógicas e interessantes, como a rejeição da própria cor, o conflito com a forte figura paterna, o édipo mal resolvido, até que Balduíno acabou por abandonar o divã que alguma gozação lhe custara dos colegas, mas que, no final das contas, tinha-o ajustado, ajudado a se aceitar, a se encaixar melhor no seu mundo.

Permaneceu, no entanto, o fantasma do lagarto pardo de crânio explodido inerte na garagem e a sua consciência de que, apesar de todas suas defesas, da sua racionalidade e equilíbrio, da sua reconfortante autoconfiança, em algum canto recôndito espreitava a loucura, a pulsão homicida e suicida, a vontade de matar e morrer.

5

O aeromóvel se afastou quase silenciosamente e seguiu como uma flecha colorida em direção ao Leme. Lili desceu os dois lances de escada da Estação Santa Clara e entrou numa cabine telefônica sem vídeo, colocou o cartão, aguardou o sinal e digitou o número reservado de Balduíno.

— Alô?

— Alô, Baldu, é Lili. Tudo bem? Nosso papo em off. O que você tá achando da história do Olympus? Tem algum militar metido no meio?

— Porra, Lili, já te falei que estamos estudando todas as hipóteses, inclusive as que você não me perguntaria pelo telefone se fosse realmente a menina esperta que acha que é, mas não é.

— Corta essa, negão! Era uma pistola "L", privativa.

— Ai, meu saco! Não adianta futucar por aí. O Ministério da Defesa já investigou, na época do primeiro crime, em São Paulo. O Estado-Maior do Exército ficou muito preocupado, fizeram uma vistoria e um exame de todas as armas "L", e não foi constatado nenhum extravio, nada de anormal. Essa arma foi contrabandeada, coisa daqueles leilões no Pentágono. Deixa de correr atrás de bobagem. Olha, menina, tu sabe que tenho uma quedinha por você, então, olha só o que eu vou te dar em primeira mão, só pra ti. Seguinte: já identificamos o andrógino. Não é daqui, é colombiano. Seu nome é Juan Hector Belaunde y Rojas, vulgo Lola. Estava no Brasil há um mês hospedado no velho Méridien da Calçada Atlântica, saiu de lá ontem, às 18 horas, sozinho, e ninguém mais viu. Saiu vestido de homem, deve ter mudado de roupa em algum lugar. Seu cartão, que sumiu, era do World Service, válido para 22 países. Pedimos informações a Bogotá.

— É, mas nada disso vai nos adiantar. Sabemos que o maníaco da pistola "L" mata ao acaso as paqueras, não conhece suas vítimas...

— Toda informação ajuda, daqui a pouco pinta uma pista onde menos se espera. Tu não me conhece, menina! Não me conhece.

— Qual é, Baldu? Tá se referindo ao conhecimento bíblico, não conheço mesmo e acho que não vou conhecer, né?

— Já sei, nossa-relação-é-platônica. Pô, Lili, tu não sabe o que tá perdendo. Fica aí com esses garotos que não sabem agradar uma mulher como eu sei.

— Convencido, metido a besta, machão! Esse papo deve colar lá com as solitárias, desprotegidas, as tuas admiradoras, que você tem graças a mim, que fiz a tua fama.

— Pera lá, bobona, imatura, eu tenho uma outra pra você — Lili podia sentir o sorriso irônico-sacana de Baldu do outro lado — uma coisa interessante que duvido que deixem você botar no ar, tou aqui com o laudo do legista: constatou uma forte dilatação do esfíncter. Quer dizer, indícios de penetração anal por um instrumento — o sorriso continuava — de dimensões bastante avantajadas. Curiosamente, no entanto, nesse como nos outros

— Inspetor, vou abrir o jogo, conto com o senhor pra usar a informação sem dizer que fui eu quem disse. É um negócio delicado. Posso perder o emprego. Mas o senhor ia acabar descobrindo mesmo. É o seguinte: nas suítes há pequenas câmeras infravermelhas um pouco maiores que um palito de fósforo. Estão fora dos circuitos de Gardel. É o senhor Pepe quem as opera de vez em quando, diretamente da sua suíte no último andar. Às vezes deixa ligadas gravando e assiste o VD, depois. Às vezes esquece ligadas. Foi assim que descobri. Isso não deve transpirar, pode dar uma confusão terrível...

— Então o cabrão fica filmando a sacanagem... Mas então ele tem o disquete. Filmou o assassinato!

8

Os dedos de Pepe Moscoso tremiam quando digitou o *remote* regulando a imagem, adiantando e recuando o microdisquete até chegar no ponto. Era como uma travessura de criança, como ver a tia nua tomando banho pelo buraco da fechadura, seios empinados, pelos pubianos molhados, naquele casarão de Mar del Plata onde se criou...

Com quase cinquenta, Pepe voltou a experimentar essa sensação de infância aliada ao sempre renovado gosto de trepar com Isadora e Valentino, seus érobos favoritos. Isadora praticamente morava ali, no seu quarto. No mesmo dia em que a recebeu da fábrica, Pepe sentiu uma espécie de paixão à primeira vista. Ruiva, grande, peitos do tamanho certo com bicos empinados, lembrando morangos maduros. Orifícios maravilhosos (reguláveis) que vibram mornamente, dando-lhe um prazer que nunca tivera com as humanas. Prazer que chegou ao ápice quando, numa noite de muito pó e muita bebedeira, trouxe ao seu quarto, escondido, Valentino.

Enquanto comia Isadora, deixou-se, pela primeira vez na vida, penetrar por Valentino. Sentiu um tesão indescritível quando a vara do érobo invadiu suas entranhas, no justo momento em que gozava dentro de Isadora.

O velho machismo portenho não o incomodou. Durante toda a vida considerara ser *maricón* algo desprezível, mas com os érobos tudo era permitido. No dia seguinte, retribuiu o favor a Valentino e também foi bom.

Decidiu adotar ambos, torná-los exclusivos. Para Juvenal e Xuxu, explicou que gostava de olhá-los copular para imaginar novas posições e novos programas eróticos para a ilustre clientela. Xuxu acreditava piamente, mas Juvenal tinha aquele olhar turvo, esquisito.

Cabrón. Devia despedi-lo, mas como? Juvenal sabe demais. Sabe das câmeras, da sonegação de impostos, dos contrabandos. Do pó. Melhor deixá-lo com suas palavras cruzadas e seu irritante ascetismo.

Isadora estava sentada silenciosa ao seu lado, Valentino meio largado no canto. Pepe dera-lhe umas porradas para descarregar a tensão. Desligara o áudio dos dois, que aliás se limitava a frases banais e gemidos amorosos. Ainda não tinham inventado um érobo com papo interessante. Foram feitos pra outra coisa: dedicados e obedientes, sobretudo obedientes.

Na tela tridimensional, a imagem avermelhada, a porta se abre e entra o casal. O travesti de cabeleira magenta com mechas prateadas vai ao banheiro. O homem se senta na cama, faz alguns pedidos pelo terminal, apaga as luzes e começa a se despir. A posição da câmera não permite que Pepe veja o rosto, a imagem de cima mostra uma cabeça grande, cabelos grisalhos curtos, um início de calva, ombros largos muito fortes, um peito peludo, braços e pernas musculosos, uma cueca das antigas, com botão. Aquele homem é muito estranho. No chão ao lado da cama redonda, ondulante, ele deixou a pasta que trazia debaixo do braço.

Volta o travesti. Está nu. Exibe um perfeito par de seios moldado a silicone e se atira nos braços do homem, que o afasta com certa brutalidade. Trocam algumas palavras que Pepe não identifica – preciso colocar um gravador na suíte, pensa – o filme mudo continua com o homem jogando o travesti no leito, sem nenhuma delicadeza e sempre com as cuecas envergadas.

"Ela" fica meio de quatro, já descobriu que ele não quer romances, beijos, afagos, essas coisas. Com uma das grandes mãos segura sua cabeça, obrigando-a a olhar para a frente. Com a outra despe a cuecona e inicia um estranhíssimo ritual. A imagem é confusa, a luz, ruim, mas Pepe pode jurar que está vendo o homem apertar o testículo direito e bombeá-lo seguidamente, enquanto sua verga grande e flácida vai lentamente subindo até ficar totalmente em riste, hirta como um cano de canhão.

Seu gesto seguinte é penetrar o travesti com brutalidade, sem nenhuma carícia ou preliminar. Masoquista, o outro parece não se incomodar; ao contrário, contorce-se de gozo ao mesmo tempo em que começa a se masturbar.

O homem se move com violência, ferocidade, mas seu rosto, que Pepe agora consegue ver pela primeira vez, não transmite nenhum prazer, está impassível como se fosse de granito. Pepe empalidece, para a imagem durante um certo tempo e depois coloca o vídeo em marcha novamente.

Durante uns minutos a cena se mantém, sem grandes variações. O travesti parece guinchar e saracotear de gozo, enquanto o homem de granito limita-se a desferir violentas estocadas, até que, vencido pelo cansaço, sai fora e desaba no leito. Nesse instante o papel como que se inverte. "Ela", com um salto agilíssimo, se coloca à sua traseira e o penetra.

O homem, prostrado, não reage. Ao contrário, pela primeira vez demonstra alguma satisfação, fica mais relaxado. Seu rosto suado se contrai num ricto que pode ser de dor ou até de gozo. Lágrimas fartas e graúdas rolam por aquelas faces talhadas em pedra. Ágil e leve, "ela" investe cada vez mais rápido e se desmancha num orgasmo tremeluzente, enquanto ele crispa os dentes e aperta as mandíbulas, possuído por uma sensação que Pepe não consegue decifrar, pois parece mistura de gozo e ódio. Seu olhar, que em certo momento se volta para cima encarando a câmera invisível, tem um brilho intenso, possuído de uma estranha determinação.

Aquela massa de músculos se move abruptamente, e "ela" é expelida da cama por um vigoroso empurrão que a atira contra a parede. Um daqueles braços peludos e fortes voa em direção à pasta e retira uma pistola negra, reluzente, com um cano grosso e um buraco pequeno, parecida com uma arma de tiro ao alvo calibre .22, mas com uma alça de mira estranha e uma série de minúsculas luzinhas vermelhas e verdes na coronha. Dispara um jorro de luz.

"Ela" não tem sequer tempo de virar a cabeça. Ele está ajoelhado, segurando a pistola com ambas as mãos numa posição de bom atirador, e seu rosto se dilacera de gozo. Seu olhar passeia pelo quarto até pousar na robete. Fulmina-a também. E o homem se veste apressado e sai, não sem antes desferir um chute no cadáver inerme.

Pepe ficou muito pálido, e se Isadora e Valentino tivessem capacidade de observar e julgar, pensariam certamente que estava apavorado.

9

— Fugiu, o filho da puta!

Balduíno deu um murro na mesa de Pepe e andou nervosamente pelo quarto que ele deixara pouco tempo antes em desalinho total: roupas espalhadas pelo chão, papéis, cartões, meias, cuecas, indícios de uma saída de cena precipitada.

Na cama, desligados, Isadora e Valentino. Pepe nem cuidara de tirar Valentino do quarto, revelando seu segredo. Fugira na sua nave cor de laranja levando o microdisquete com a cena do crime que Balduíno procurava. Agora o inspetor sabia duas coisas: o VD existia, e Pepe conhecia o assassino. Conhecia e tinha boas razões para sumir.

— Qual é a do Pepe? Você já me contou uma parte, não custa nada dizer o resto.

Juvenal não tinha a menor disposição de resistir. A barra de Pepe sujara demais e não ia ser ele a segurar. Com precisão, e sem a menor culpa, entregou os podres que conhecia.

— Tem uma transa com cocaína... Para clientes especiais. Os saquinhos vão na guarnição da robete. Os clientes entendidos sabem o código. Fica entre dois vinhos. Aí ela apresenta a carreirinha num bandejole de prata. Acompanha um canudo de marfim que eles levam de brinde. Só clientes especiais, é claro.

Balduíno fez um gesto de mão minimizando a denúncia.

— Todos eles fazem isso. Eu deixo rolar. Não tenho como controlar, ia ter que prender meia cidade. Dois terços da minha delegacia. O consumo não é mais crime há uns vinte anos, o tráfico não está bem caracterizado. Ele pode alegar que foi o próprio cliente quem colocou o saquinho de pó. Virou quase um negócio respeitável, os caras da Máfia iam ser os últimos a querer um homicídio desses num aerotel. É mau pros negócios. Por aí não é. Quero saber é de ligações com gente esquisita, embalos sadomasô, essas coisas.

— Papo estranho, doutor — Juvenal aparentou surpresa, Balduíno era meio desconcertante. Ficou imaginando que armadilha poderia ser aquela —, o Pepe não transa esse tipo de gente. Lá no Olympus é muito raro aparecer tipos assim. Pepe é um proxeneta de luxo, em escala pequena, ultrasseleta. Tem cinco garotas e três garotos, mais cinco érobos que manda entregar, muito de vez em quando, em domicílio. Gente que não quer se deslocar ao Olympus, gente importante. Há um cantor famoso, um diretor de banco, embaixadores, ministros, um montão de gente. Até o primeiro-ministro já foi cliente, há uns anos. Tem uns bandidos também, mas tudo bandido distinto: Aziz Galvão, dos cassinos e dos caça-níqueis, adorava Isadora. Galvezinho Júnior, Baby Morgado e Gus Vigiani são dados a umas surubas, sempre com os érobos femininos.

— Tudo delinquente com a cabeça no lugar. Isso foi obra de um doido. Um psicótico!

— Não há doidos. A transa de Pepe é com os profissionais. Esse troço foi de amador.

— Amador, com uma pistola laser, dois tecos na mosca? Quem ia ter uma arma dessas? Tem algum cliente militar ou algum estrangeiro esquisito?

— Que eu saiba, não. — Juvenal apertava as sobrancelhas e quase gemia de dor do esforço de memória. Passou a pente-fino todas as amizades e relações conhecidas de Pepe e não conseguiu imaginar ninguém capaz de matar, gratuitamente, um *partner* de sexo.

— Vamos mudar de direção. O que não estou entendendo direito é por que Pepe pegou o disquete e fugiu. Poderia ter me entregue, poderia ter destruído... Deve ter saído para procurar alguém. Esse alguém é justamente o que nos interessa. Donde o primeiro passo é localizar Pepe. Vou passar um alerta geral, botar a polícia toda atrás dele. Mas a essas alturas ele já pode estar muito longe daqui. Esse caso promete.

Balduíno se comunicou com a central pelo radiogravador de pulso e passou os dados de Pepe Moscoso, inclusive para Buenos Aires via Interpol. Depois desceu novamente ao 303. Revistou minuciosamente a suíte, milímetro por milímetro, em busca de algo, não sabia o quê. Não encontrou nada e se reconfortou com a ideia de que chegara naquele famoso ponto da investigação em que o negócio é esperar. Esperar que fatos novos aconteçam. Contar com a ajuda da sorte, confiar nela.

Voltou para o quarto de Pepe e ficou olhando silencioso para o casal de érobos imóveis na cama. E ficou uns minutos matutando e repetindo para si mesmo, a *mezza voce*: enfia, mas não goza. Aí virou Isadora de bruços e ligou sua vida apertando na quinta vértebra lombar. Ela se mexeu, toda lânguida.

— Amor, amor, vem comigo. Vem...

Balduíno ligou também Valentino, colocou os dois juntos e ficou observando, mas não sabia como programá-los e assistiu a um estranho desencontro: eles não encaixavam direito.

— Estão programados para o sexo a três — explicou Juvenal, com um brilho malicioso nos olhos. — Se o doutor quiser, preparo a Isadora pro senhor.

Balduíno riu. De repente era até uma solução para aquela noite, mas ia contra seus princípios. Sempre tinha achado esse negócio de érobos uma escrotidão, um modismo repugnante. Isadora era uma obra-prima de fabricação, sua pele era quase como pele de gente, mas Balduíno, olhando para ela, não conseguia parar de pensar em cadáveres.

— Meu nome é Isadora. Sou sua escrava. Vem comigo, amor...

Decididamente o repertório de frases era dos mais banais e Balduíno a desligou de novo. Valentino na cama continuava com sua lenta rotação de pélvis e o pênis em riste, em regulagem média.

Balduíno subiu para o terraço de luzes amarelas, sem pensar mais no crime e nas buscas. Queria mesmo uma mulher de verdade. Pensava em Lili.

A CABEÇA DE BABY MORGADO

10

Ela entrou silenciosamente na sala de Mike Fontourinha, o seu editor, também conhecido pela maldosa alcunha de "Ema". Ele estava de costas para a porta de vidro opaco, sentado em posição fetal na sua poltrona reclinável e atento aos seis vídeos com programas dos mais variados pontos do mundo.

Ema era alto, esguio, lábios grossos, nariz curvo, um brinco prateado no lóbulo da orelha esquerda, cabelos curtos azulados e uma discreta maquilagem. Ao primeiro olhar ficava patente sua filiação à coluna do meio, ainda que fazendo um gênero macho, e por vezes até brigão. Inteligente, culto, hábil navegador dos meandros da política interna da emissora, quase sempre obtinha o que queria e era o grande protetor de Lili, frequentemente envolvida em conflitos com as outras chefias, por causa da sua impulsividade e franqueza à queima-roupa, que lhe valera a fama de desbocada entre os hierarcas do andar superior. Sem a habilidosa e diplomática intermediação dele, Lili já teria sido demitida várias vezes, apesar do talento reconhecido por todos, ou quase.

Os olhos de Mike Fontourinha estavam postos naquelas seis telas que ele conseguia acompanhar simultaneamente com ajuda do Traductor, um software que legendava em português e de forma instantânea até os mais exóticos idiomas.

Ema, o nosso indefectível Zé Balduíno me ligou novamente, há pouco, pra avisar que o Pepe Moscoso, o dono do Olympus, escafedeu-se. A polícia toda está atrás dele.

— Tá ficando interessante. Muito interessante... Olha, a tua matéria estava ótima, querida, mas devo avisar-lhe que já deu o maior rolo. Recebi um telefonema lá do Ministério da Defesa reclamando das tuas especulações "infundadas e capciosas". Ligou nada menos que o coronel Amauri Praxedes pra me passar um sabão. Chequei com o juiz Paulo Wolf, que está encarregado da instrução do caso, e ele me garantiu que o tal Praxedes é boa gente, homem do Prates. Estão preocupadíssimos com o caso e juram de pés juntos que a pistola do maníaco não saiu dos arsenais militares. Garantiu que estão atentíssimos a tudo.

— É o Paulo que está instruindo o caso? Que ótimo, foi colega de turma da minha irmã. Conheço há muito tempo. Que bom! Temos duas fontes quentes no caso, vamos continuar dando banho em todo mundo. TV-3 Notícias, em cima dos fatos. Antes de acontecer já estamos lá.

— Você vestiu mesmo a camisa, né, moça? E olha que o teu prestígio lá em cima não tá lá aquelas coisas, nada de aumento de salário, nada de promoções. Repórter C mesmo, minha filha!

— Isso porque eu não dou bola pras gracinhas do dr. Grudeson. Mas demitir não me demitem, não é?

— Como vão demitir a repórter voadora, a musa loira de 150 milhões de basbaques? Tem gente que assiste ao telejornal só para ver o seu decote.

— Ora, Ema, por que você não põe uma peruca e sai por aí procurando pelo maníaco, leva ele pro aerotel e cráu? Dá o furo da sua vida?! Isso eu não posso fazer porque pelo visto o cara é que nem você, não gosta de mulher. O furo é mais embaixo.

— Abusada. Olha que um dia ainda te abro uma exceção. Se você fizesse um pouco de halterofilismo, criasse uns músculos, quem sabe?

— Viado metido a besta.

— Ninfa desvairada.

Lili aprumou a mecha rebelde, recatou o fecho do decote e saiu da sala altiva, simulando birra. A risada de Mike Fontourinha trepidava na porta de vidro enquanto o som dos seus passos, sempre apressados, ia se perdendo no corredor. Ele ficou a sós com suas telas e as peripécias do planeta. Aquilo era como uma droga, um vício, certas noites ele adormecia ali mesmo, hipnotizado pelas imagens. Segundo Vi, o fotógrafo, se alguma vez Ema doasse seu esperma para um daqueles bancos genéticos, era provável que a receptadora anônima desse a luz a um monstrinho com seis olhos na forma de vídeos.

Lili correu os seus pela redação quase vazia. Na janela panorâmica, a vista da velha ponte, o vaivém das naves subindo e descendo no heliporto da Quinta da Boa Vista num movimento intenso, apesar da hora tardia. Ela sentou junto ao terminal- videofone e viu, pela quinta e última vez naquele dia, a sua matéria do crime do Olympus. Ficou contente com a performance, muito segura, voz cristalina, perguntas audazes e inteligentes. Estou bem mesmo nessa matéria, pensou. Levantou-se, recolheu a bolsa e se preparava para sair quando viu Ludmila, a robotologista, consertando a robete do café.

— Ludi, depois você dá uma olhada no meu videofone. Tá com a imagem meio ruim. Você consertou na semana passada, melhorou, mas ainda não tá cem por cento. Gosto de ver a cara das pessoas com toda nitidez, é importante. Por favor, Ludinha.

— Tá legal, Lili. Vou dar uma olhada. A propósito: teve aqui um cara da assistência técnica, veio fazer uma vistoria nos videofones e nos terminais integrados da redação. Mexeu um tempão no seu e depois no do Mike. Gozado continuar com defeito.

— Quando foi isso?

— Hoje mesmo, umas nove e meia, depois do noticiário, naquela hora em que você saiu para fazer a entrevista com o recepcionista do Méridien, o que conhecia o travesti colombiano aquele.

— Gozado a assistência técnica vir de noite. Quem chamou?

— Não sei. Eu não fui. Além do mais, acho que a garantia já venceu há mais de dois anos.

— Esquisito. Como eram os caras?

— Um rapaz alto, forte e loiro e um senhor também grandão, cabelo branco. Tipo bonitão. Entendiam do riscado.

— Tanto entendiam que nem conseguiram consertar essa porra desse meu videofone.

— Teve uma hora que eu passei por perto e parecia que um deles estava pesquisando umas chaves de sistema.

— Esquisito, pra que ele ia querer uma coisa dessas?

— Sei lá, vai ver que não era da assistência técnica porra nenhuma. Vai ver que foram aqueles caras lá de cima que mandaram fazer uma vistoria. É que há tempos alguns dos nossos coleguinhas do turno da manhã descobriram a chave para desativar o marcador de impulsos e passaram meses ligando pro exterior.

— Pô, mas se foram eles lá em cima que mandaram, deviam conhecer a chave, não precisavam ficar pesquisando.

— Ah, sei lá, Lili, vai entender esses caras, aquilo lá em cima é muito confuso. É melhor a gente nem esquentar muito. Você não andou fazendo videofonemas particulares pro exterior, andou?

— Não, não andei.

— Então não esquenta. Esquece.

— É... bobagem...

Lili colocou a bolsa a tiracolo, a boina, cobriu seu macacão branco de zíper plástico com um blazer de seda bordô e desceu pelo elevador panorâmico. Digitou a senha do portão, saiu e foi andando até a estação do aeromóvel. Ludmila ficou na redação, agora completamente vazia, consertando a robete do café. Conseguiu regular aquela aparelhagem toda, trocar os chips defeituosos e reparar os circuitos que estavam dando mau contato. A robete ficou novinha em folha, perfeitamente regulada. Mas o café continuava uma merda.

11

Ela escolheu um dos bancos laterais, assim via a paisagem do outro lado, a Quinta, o Maracanã, a Praça da Bandeira, à luz pálida e lunar das luminárias, enfileiradas lá embaixo. O trem seguia ligeiro, zunindo quase silenciosamente, movido a ar comprimido sobre o monotrilho. Ela gostava da vista lá fora e dos tipos humanos do fim de noite que pegavam o aeromóvel na Quinta da Boa Vista rumo à Litorânea.

Um engraxate de smoking com seu engraxador automático e seus dois pares de headphones, um para si, outro para o cliente – um casal de namorados. Ela, mulata com uma cabeleira afro da cor do arco-íris; ele, branco com um longo bigode à Salvador Dali e olhos de puro azul inocente.

Um casal de meia-idade, brigando e falando nomes feios, a mulata arco-íris rindo, um outro cidadão gordo, no banco lateral oposto, lendo seu jornal e, de esguelha, as coxas de Lili. Um antigo rock de música ambiental. Gostoso, o aeromóvel, mas muito rápido. Em cinco minutos, a Central. Lili desceu a escadaria e passou para o metrô. Dali o aeromóvel seguia para a Praça XV e depois para o Flamengo, Copa e demais praias da cidade velha. Lili não pegou a calçada rolante da Presidente Vargas. Era gostoso, mas lento, e ela estava uma hora atrasada, se perguntando se Luc ainda estaria à sua espera no bar Amarelinho.

Já no metrô se sentou num assento comum, junto ao vidro, ficou olhando sua cara refletida, olhos violeta, mecha loira, atrevida. E teve certeza de que Luc ainda estaria esperando, andava doido por ela esses dias, enciumado. Quando ficava assim, esperava, mesmo que fosse para brigar depois:

— Porra, Lili, você na televisão é um relógio, não atrasa nunca. Comigo a média é uma hora! Todo dia!

— Por isso mesmo, porra! Depois da pauleira da televisão eu tenho que relaxar. Quando relaxo, atraso.

— E o que foi hoje?

— Nada, fiquei lá bundando na redação sem conseguir sair. Quis ver de novo meu bloco no noticiário, uma narcisada pra elevar os espíritos, isso depois de um papo furado com o Ema Fontourinha, e depois com a Ludi. Um cara andou mexendo no meu videofone e não consertou.

— Você nem vai me perguntar como foi o concerto?

— Pô, não tive tempo nem de respirar. Como foi?

— Foi incrível! Foi satânico! Deleu atravessou várias vezes a bateria, mas a Lavínia tava demais, com uma voz demais. Eu, modéstia à parte, inspirado, o que nego aplaudiu os meus solos. Lindo! Vamos jantar, Lily Brags!

— Comi um *fast* vegetariano lá na TV-3. Tou sem fome. Quer dizer, com outras fomes.

Ele vai rir e me puxar devagarinho, pensou Lili. Beijo longo de língua, primeiro amasso.

Depois o garçom, o cafezinho, o bonde de Santa Teresa e o quartinho estreito do velho castelo da Almirante Alexandrino. Ele, muito doce e gostoso.

O rosto de Lili continuava refletido naquele simulacro de espelho entre estações, entre pensamentos. Senhores passageiros, próxima estação Cinelândia, saída pelo lado esquerdo.

Subiu apressadíssima a escada rolante, atravessou a praça e veio num *traveling* por entre as mesas do bar. Levou quase um minuto de buscas infrutíferas com o olhar ansioso passando em revista os rostos para concluir: Luc está atrasado ou já passou. Decepção.

Começou a se sentir muito sozinha. Luc não vinha e Nando nunca mais descia lá da sua comunidade agroespiritual nas montanhas do Lumiar. Começou a se sentir cansada e ia voltando à estação, macambúzia, quando apareceu Luc com seu saxofone fosforescente e um grande sorriso.

— Desculpe a hora, Lili, pensei que você fosse se atrasar, como sempre. Tudo bem?

— Tudo bem, e o concerto, antes que você reclame de eu não perguntar?

— Satânico, satânico! Fomos aplaudidérrimos. Deleu atravessou feio na bateria, Lavínia deu umas desafinadas, mas meu solo no sax foi fantástico, virtuoso. Tamos bons mesmo, só quem entende é que nota as falhas. Felizmente as legiões metaleiras não entendem.

— Beleza. Luc e Lavínia em grande concerto, pena eu ter perdido.

— Cê fica atrás desses tarados assassinos. Não vejo graça.

— É, vou parar. Qualquer dia vou parar. Telejornalismo é pra louco feito o Ema. Eu dou mais é pra atriz. Precisava um diretor me descobrir.

— Vou cuidar disso, prometo.

— Xá de ser cascateiro, Luc!

— Lili, tou com tesão, fiquei de pau duro no concerto. Coisas da Lavínia.

— Safada! Então a sapatona agora te deixa de pau duro?

— Não, ela não fez nada, foi só a voz dela, rouca, grave. Uma ereção na hora que entra o meu solo. Volta e meia acontece. E com essas calças largas o público não vê.

— Tarado. Então você é o maníaco da pistola "L"!

O garçom trouxe o troco e foram andando na direção da estação de bonde da Praça da Carioca. E o amasso prosseguiu sobre os arcos, curvas, paralelepípedos e grandes murais multicolores até o alto de Santa Teresa. No bonde Lili não prestou mais atenção à fauna humana, mas nos lábios dele, na língua, na tumescência debaixo da calça larga de seda roxa.

E a cena seguinte aconteceu no cubículo, estreita alcova forrada de tatâmi, com espaço para um pequeno palco, uma larga cama e um painel multimídia. O som do órgão louco de Chris Junky e seus gemidos na luz negra.

Depois, o doce torpor, e Lili divaga olhando o teto. Pô, Luc, grande foda. Às vezes até melhor do que o Nando, ainda que sem o amor, a comunhão. Quer dizer, o melhor do Nando na nossa melhor fase de sexo era ainda melhor, mas, atualmente, o Luc tem me feito gozar muito. Com Nando, é quase levitação. Com Luc é foder, lato senso...

— E aí, Lili, o que você tá pensando, hein?

— Nada. Tou pensando numas coisas lá do trabalho, umas entrevistas amanhã. Umas pautas. E você?

— Tou pensando no ensaio.

— Mentiroso. Cê tá pensando em mim. Tá pensando como é bom trepar comigo.

— Convencida.

— Sonso.

12

Xuxu está feliz. Missão cumprida. Pepe abraçou-o com os olhos cheios de lágrimas e prometeu um aumento de salário e uma *promoción, después que se calme el despelote*.

Desconfiado de Juvenal, Pepe telefonou para a casa de Xuxu e lhe pediu um favor especial. Trazer-lhe Isadora ao Lapa Palace, onde estava homiziado, sob proteção do dono, Gus Vigiani. Era um arranha-céu de vidros fumês negros, luxuoso, mas sem os requintes do Olympus, no coração da cidade velha. Gus o escondera, enquanto Pepe esperava um contato com seu amigo e protetor Baby Morgado, que devia estar voltando de Las Vegas no dia seguinte. Gus era amigo fiel, mas não dispunha de poder de fogo suficiente para resolver a parada, tinha que ser o velho. Impacientemente e sem sair de sua suíte, Pepe esperava pela volta do padrinho. A Gus contara apenas que andava perseguido pela Metropolitana que, a pretexto do crime, passara a revirar seus negócios no Olympus. Nada de grave, apenas um tempo até o Balduíno aliviar.

Aí foi assaltado por um estado de grande depressão e tédio. Gus lhe ofereceu umas garotas, Pepe ficou razoavelmente interessado por uma loira bem novinha, mas, na hora H, foi traído pelo velho bandido. Não houve jeito, por mais esforçada que fosse a menina, toda ansiosa em agradar o amigo do patrão. Talvez por isso mesmo.

Pepe viu a impotência chegar como alguém vê despontar lá longe, na curva da estrada, um inimigo ancestral. Ela se infiltrou no seu pensamento nalgum ponto da subida do elevador quando beijava a loira e se flagrava pensando em Isadora. Aí pensou: vou brochar. E não deu outra.

O episódio agravou mais ainda a falta que sentia de Isadora. Nunca tinha pensado que alguém pudesse verdadeiramente se apaixonar por uma éroba. Mas o que era aquilo que sentia senão paixão? Aquele vazio no peito, aquela falta, aquele carinho embalado em sonhos suaves, imagens tão candentes sempre que fechava os olhos. Ele a projetara de encomenda, programara seu comportamento, seu vocabulário, seu timbre de voz, seu tipo de suspiro, seus orgasmos. Era como uma filha e esse pensamento, no auge do ato, fazia Pepe ganir de prazer. Pepe não ousava dizê-lo para ninguém, mas estava intimamente convencido de que seus orifícios eram melhores e mais gostosos do que os de qualquer humana.

Ele sentia que Xuxu era a única pessoa que poderia compreendê-lo. Pois ele também tratava os érobos e até as robetes como humanos. Tinha por todos eles um evidente carinho, cheio de atenções técnicas. Xuxu não transava com érobos. Casado e tijucano, não se permitia tais deslizes. Encarava sua relação com eles com uma ética toda especial. Era uma atenção paternal, um sacerdócio, amor puro e sem segundas intenções. Um pouco como o médico consciencioso que nunca se permitiria ter relações sexuais com as pacientes. Depois, pensava Pepe, Xuxu conhecia-os por dentro, suas entranhas, a anatomia dos circuitos, dos contatos, dos chips. Não conseguia vê-los como objeto de prazer, mas como pacientes ou, quem sabe, como alunos. O robotologista era um misto de médico e professor.

Pepe decidiu confiar em Xuxu e lhe enviou um recado através de um dos homens de Gus. E Xuxu foi perfeito. Desmontou Isadora, colocou-a numa valise, despistou os homens de Zé Balduíno que campanavam o aerotel. Foi até o centro da cidade velha, fez um complicado trajeto de aeromóvel, metrô e calçadas rolantes até ter certeza absoluta de que os tiras da Metropolitana tinham saído dos seus calcanhares. Antes se dera ao trabalho de efetuar uma varredura eletrônica no seu motocóptero para se certificar de que Tatau Padilha não instalara nenhum daqueles emissores de sinais e, finalmente, apareceu no Lapa Palace com sua valise.

Pepe saiu do quarto enquanto Xuxu trabalhava. Não seria capaz de suportar o espetáculo de vê-la assim, esquartejada, sendo montada como um vulgar objeto, como uma boneca grande, muda e imóvel. Esperou pacientemente o tempo necessário até Xuxu concluir tudo com a costumeira dedicação e esmero. Aí voltou ao quarto com o coração batendo mais rápido.

— Meu nome é Isadora. Sou sua escrava. Vem comigo. Amor...

13

— Bola sete na caçapa do fundo.

Paulo Wolf coçou o queixo e olhou para ela, zombeteiro, mas com uma ponta de preocupação. A bola da vez, a marrom, estava ali quase dando sopa, numa posição em que um jogador medíocre, mas assíduo, acertaria três em cada cinco tentativas. Um bom taco não perderia uma em dez. Com uma tacada não muito forte e um pouquinho de efeito, a branca ficaria em excelente posição para investir sobre a seis, rosa. Mas ela se decidiu pelo mais difícil, arriscar a sete lá no fundo, numa tabela de ângulo esquisito. Brincadeira de principiante, era como ele tinha dito no começo – mulher bonita e taco não combinam –, e teria repetido agora, não estivesse a partida 17 a três, para ela.

Debruçada sobre o pano verde, meio desengonçada, mecha loira caindo nos olhos, taco mal-enjambrado entre os dedos, Lili parecia que não ia acertar sequer a branca. Mas a tacada ressoou firme, explosiva, a branquinha saiu decidida, tabelou e rolou graciosa até o fundo ciscando de leve a preta sete que lentamente deslizou, beijou as bordas da caçapa e, plop, caiu lá dentro.

— Vinte e quatro a três. Essa tu não esperava, né?

Ele ficou em silêncio passando giz, maquinalmente, na ponta do taco e observando-a matar a marrom, a rosa, a azul e a preta novamente. Um autêntico massacre.

— Afinal, taco e mulher bonita combinam sim. Pelo menos no seu caso.

Jogaram uma revanche na qual o juiz se saiu melhor, resistiu galhardamente até o fim, mas perdeu na última. A chegada de Balduíno no salão salvou-o da terceira derrota, ou, quem sabe, privou-o da forra. Era impossível que aquela sorte de principiante durasse muito tempo.

— Você por aqui?

— É, chamei de manhã o dr. Paulo, que, aliás, há tempos namorou minha irmã Bety, e ele me disse que vocês iam se encontrar aqui, mais tarde. Não é todo dia que uma repórter flagra juntos o juiz de instrução e o policial que investiga o caso num salão de sinuca.

— Ora, a gente joga toda quinta-feira, quando pode. Aliás, deixa eu dizer pro Balduíno que você é a grande revelação do salão, teve até gente parando para olhar.

— Pô, o que tem, isso não é um salão unissex? Costuma ter mulheres aqui.

— E tem, mas nenhuma segura o taco tão mal e acerta tão bem. Você é um desafio às leis da sinuca. Mas vamos ao que interessa, agora que o Zé chegou. Lili, aceitei te encontrar aqui, junto com o Balduíno, mas estou reafirmando o que já disse de manhã. Fora do gabinete não dou nenhuma informação e lá dentro já te dei todas que podia. Não poderia te dizer nada que prejudique o sigilo da instrução e, feliz ou infelizmente, mesmo que eu não adotasse essa postura – tem aí uns colegas que falam –, não teria nada para te contar, pois não sabemos absolutamente nada de novo. E antes que você me pergunte, o Ministério da Defesa sabe menos ainda.

Lili não disse nada, apenas olhou para Balduíno, que a media de alto a baixo com uma mirada esperançosa. Era exatamente o que Ema lhe antecipara. O dr. Paulo ia ser muito amável, mas não ia abrir o jogo. A grande fonte ainda era o Balduíno, com sua mal disfarçada paixão por ela. O olhar de Balduíno dizia não se preocupe, moça, depois conto tudo pra você.

Mas não havia muito o que contar. A investigação andava às voltas, nenhuma pista segura conduzia ao assassino. O único indício interessante era o sumiço de Pepe Moscoso, contra o qual o dr. Paulo Wolf, ali presente de taco e giz em punho, relutava em emitir um mandado de prisão.

— Olha, Lili, Balduíno e eu temos um ritual aqui. Faz uns três anos que jogamos, quase todas as quintas-feiras. Nunca falamos de trabalho.

— É, mas a situação contrária não é verdadeira. Lá, volta e meia falamos de sinuca.

— É, a gente fica comentando uns lances e os meus colegas lá no Palácio da Justiça e os dele no distrito ficam pensando que é uma tremenda comunicação em código. Bola azul na raia. Mas me diga uma coisa, onde você aprendeu a jogar tão bem?

— Lá na faculdade era da equipe das meninas. Fomos campeãs em dupla, ganhávamos muitas vezes dos homens. Deve ser uma propensão genética. Papai foi o terror dos salões de sinuca nos anos 90, depois teve artrite e parou.

Os cavalheiros então decidiram abrir uma exceção no seu ritual de quinta-feira e não só jogaram uma partida a três, como trocaram alguns comentários sobre o caso do maníaco da pistola "L".

O ímpeto de Lili arrefeceu bastante. Da mesma forma em que minutos antes acertava com desembaraço bolas quase impossíveis, começou a errar sistematicamente as fáceis e terminou a partida em último lugar.

Balduíno ganhou a primeira, a segunda, perdeu duas para Paulo e finalmente venceu a negra, disputadíssima.

— É, Lili Braga, você é fogo de palha. Volto a reafirmar, mulher bonita e taco não combinam.

Balduíno ria, ria.

— Seus machões, se eu treinasse toda semana feito vocês, não perdia uma.

Terminaram os três tomando um chope geladíssimo no balcão do outro lado. Depois o juiz Paulo Wolf foi embora. E Lili ficou sabendo por Balduíno, rigorosamente em off, a provável razão do desaparecimento de Pepe Moscoso. Segundo seu empregado, Juvenal, ele havia filmado a cena do crime.

— Mas como filmou? Onde tá o filme?

Aí Balduíno se fechou em copas e desconversou:

— Me ajude a achar o Pepe e ambos ficaremos sabendo de toda a história.

Lili voltou frustrada à redação. Se bem que a dica de Balduíno fosse quente, não rendia nenhum fruto imediato em termos de matéria: ela não podia usar a informação, assim mesmo sumamente vaga. Tudo muito confuso, duvidoso. Que nível de ligação haveria entre o moteleiro e o criminoso? A imprensa escrita ainda tinha por onde assuntar, mas para a TV o caso do maníaco da pistola "L" estava começando a minguar, na falta de novos e espetaculares desdobramentos.

Naquela noite simplesmente não houve matéria sobre o caso, e Lili ficou bundando como uma inútil pelos corredores. Depois ainda se aborreceu quando Mike Fontourinha a chamou ao gabinete para lhe dizer que tinha chegado a resposta a seu pedido de ser destacada para a primeira visita de um grupo de jornalistas e cientistas brasileiros à grande estação lunar sino-nipônica. Lá em cima tinham decidido escalar outra repórter.

— Lá em cima? Quem, os cosmonautas?

— Não, sua tonta, lá em cima, no andar de cima. O dr. Grudeson disse que Lili Braga, nem pensar. Muito desbocada e podia querer tirar a roupa no espaço.

— Crápula!

— Não fique chateada, Lili. Me disseram que a estação é um saco, apertadíssima, comida horrorosa, tudo macrobiótico. Depois aquilo parece um convento, um convento carmelita, na cratera de Clavius. Acho que você deveria esperar. Parece que no ano que vem haverá uma visita à estação americana de novo. Até lá o Grudeson pode já ter caído, lá em cima a coisa muda o tempo todo, e você acaba conseguindo a matéria, e todas as horas extras a que tem direito. Brevemente no seu vídeo: Lili Braga nas galáxias!

A vaga promessa não chegou a mudar seu ânimo. Ela ficou perambulando pela redação de péssimo humor, com vontade de sumir. Como consolo, a descoberta de que o seu videofone fora, finalmente, consertado. A imagem agora estava perfeita. Ludmila deixara na tela o recado: "Lili, agora ficou bom, não foi? Sobre aquela outra história, não soube mais de nada, mas deve ser aquilo mesmo. Beijos. Ludi."

14

O major Heitor Aquiles hesitou em entrar no gabinete. A luz vermelha estava acesa na porta do coronel Amauri Praxedes. Mas ele sabia que o comandante não se encontrava em reunião, estava sozinho, provavelmente meditando. Normalmente Aquiles esperaria os vinte minutos de praxe, sabia que Praxedes detestava ser interrompido. Mas o assunto era urgente e Aquiles entrou já com o pedido de desculpas engatilhado.

— Mil desculpas, meu coronel...

A cena era insólita. O Praxedes de pernas cruzadas e olhos fechados, de cuecas, levitando a uns setenta centímetros do chão. Com o susto o coronel aterrissou algo bruscamente, abriu os olhos e já preparava uma brutal descompostura no seu ajudante de ordens, mas, antes disso, Aquiles se explicou:

— ... O general Prates está no videofone, quer falar urgentemente com o senhor.

Praxedes se levantou, vestiu-se e foi para a sala contígua falar com o chefe do Estado-Maior do Exército.

— Boa tarde, coronel Praxedes. Estou saindo da reunião do Conselho de Ministros. Na reunião fui questionado a respeito desse problema de crimes com arma "L". Garanti que o senhor já tinha tomado todas as providências e que aguardava seu relatório para hoje. Gostaria de saber se já temos novidades.

— Bem, general, já terminamos a sindicância e posso lhe assegurar que todas as nossas 164 armas "L" estão sob total controle e não saíram de suas respectivas instalações, em nenhum momento. Por medida de precaução, depois dos dois crimes em São Paulo, mandei verificar e reunir tudo, examinar uma a uma. Não existe a menor hipótese de a arma utilizada pelo homicida ter saído do lote de propriedade das Forças Armadas, volto a reiterar.

— De onde saiu, então?

— Nossos serviços detectaram, há tempos, indícios de que esse tipo de arma já faz parte do estoque de alguns dos traficantes internacionais mais sofisticados.

— Mas isso é terrível, você imagina o que pode acontecer se esse tipo de armamento se disseminar pelo mundo do crime?

— Isso é um problema de âmbito policial, embora afete também a defesa nacional. Vamos ver o que podemos fazer no sentido de auxiliar a polícia. Vou esta noite para o Rio de Janeiro, o governador mandou pedir um dos nossos para ajudar nas investigações. Não queremos nos envolver diretamente, mas faremos o possível para ajudar. Suponho que a Polícia Metropolitana seja capaz de dar conta do recado. Também estamos angustiados com o problema, ainda mais que a imprensa anda com umas especulações malévolas, o general sabe.

— Vi o noticiário. Fiquei preocupado. Mas devemos ter as costas largas. A coisa vai se esclarecer, não é?

— Garanto que sim, general.

— Boa tarde, coronel. E boa sorte.

O rosto comprido e sério de Prates sumiu do vídeo. O que pensar dessa história toda? Ficou algum tempo matutando e depois resolveu chamar seu ajudante para mais uma conversa sobre o caso. O major Heitor Aquiles não era, na avaliação de Praxedes, um oficial brilhante, mas, muito meticuloso, tinha o dom de captar pequenos detalhes que às vezes facilitavam traçar o quadro de conjunto.

— O que você está achando, Aquiles?

— Coronel, minha opinião sincera é de que nós deveríamos lavar as mãos e deixar o abacaxi inteiro para a polícia. Já fizemos a nossa parte, checamos aquelas armas uma a uma, levantamos todos os registros de treinamento. Nada. Nenhuma delas saiu do quartel. Eu diria que é até um insulto supor que um dos nossos possa estar metido nesse episódio.

— É, no meu tempo de tenente uma coisa assim seria considerada uma conspiração solerte para comprometer a nossa imagem, "coisa de comunista". A doutrina era simples, simplória, até. O inimigo claramente identificado, mas um tanto quimérico. Hoje, quem é o inimigo?

— Boa pergunta, coronel, quem?

— Na área externa, qualquer nação, instituição, interesse econômico ou outro que venha a ameaçar nossa soberania nacional e nossos objetivos legítimos. Por isso estudamos e temos planos de contingência num vasto espectro. Internamente, idem, qualquer força que venha a atentar contra as instituições democráticas e o bem-estar do povo em geral.

— Isso é tudo muito teórico. Pra mim o inimigo são esses pacifistas que querem reduzir o orçamento do ministério, a duração do serviço militar e reconverter a indústria bélica. Nesse particular não dá nem pra se queixar dos comunas. Votaram contra.

— É, viraram um inimigo cordial. Imagine que chegaram até a mandar um convite ao general Prates pro coquetel do 97º aniversário de fundação do PCB regado a caviar e caipirinha. O general não foi, mas achou engraçado, mandou emoldurar o convite e colocou na parede do seu banheiro privativo, lá no QG.

15

Baby Morgado apagou o charuto já disforme de tão mordido e olhou para Pepe com irritação. Já tinha bastantes problemas e estava sem a menor vontade de se meter naquilo. Mas devia favores mil ao moteleiro argentino, e agora chegara a hora da cobrança. Ainda assim tentou tirar o corpo fora:

— Don Pepe, é melhor você contar tudo pra polícia, eles tiram o cara de circulação, já estão procurando-o há tempos. Entregue pros canas!

— *Por favor*, Baby... *Yo no puedo. El Balduíno este es un hijo de puta*! *Vai me foder*! *El caso ese es una bomba, una bomba*! *El tipo aquel es muy peligroso*! *Tenemos que ser discretos, muy discretos*.

E continuou dando explicações no seu espanholês nervoso, atabalhoado. Morgado nem prestou atenção direito; sabia que Pepe tinha razão. Era caso para uma ação discreta e fulminante. De nada valiam os anos de favores e atenções em troca de sua proteção, se na hora que Pepe realmente precisava dele, ele, o padrinho, refugasse. E o caso era suficientemente sério. Perturbava os negócios de todo mundo. Exigia ação pronta e fulminante. Tomou uma decisão.

— Onde você conheceu esse louco?

Pepe começou a contar uma história que fez Morgado sorrir, ironicamente, com seus lábios muito finos, e ficar coçando a calva reluzente. Há uns três anos Pepe fora consultar o dr. Naguib Carvalho, um dos mais conceituados andrologistas da praça, com problemas de impotência. Fizera todos os exames para ver se sofria de alguma obstrução dos vasos sanguíneos da sua nobre víscera. Feliz ou infelizmente, o diagnóstico fora negativo, e o dr. Naguib recomendara procurar um psicoterapeuta. Depois, com Isadora e Valentino, o problema desapareceu, como por milagre. Numa das consultas, Pepe viu, saindo do consultório, o homem que agora identificava como o assassino. Percebera no VD do crime que ele fora operado, provavelmente pelo próprio dr. Naguib, que lhe instalara uma prótese de silicone do tipo Scott. Duas válvulas nos corpos cavernosos, ereção bombeável.

Cabia agora a Morgado descobrir seu nome, localizá-lo e eliminá-lo, da forma mais rápida e discreta possível. Pepe julgava lembrar-se que a recepcionista tratara o desconhecido de "senhor general". Isso complicava enormemente o caso, mas facilitava a identificação.

— Me dê 24 horas — disse Morgado tranquilamente.

Pepe se derreteu em agradecimentos e foi embora. A coisa agora estava em boas mãos e sua única preocupação era Balduíno, como evitar esse tira abelhudo. Decidiu ficar escondido no Lapa Palace por mais alguns dias.

Enquanto isso, no distrito do Novo Rio, Balduíno avançava com suas investigações. Depois de uma longa conversa com Juvenal, mandou seus homens checarem vários clientes do Olympus, especialmente os mafiosos. Não acreditava que eles pudessem estar diretamente metidos no crime, mas supôs que eles também se interessariam pois era mau para os negócios.

Aziz Galvão estava em Las Vegas, ficou de fora. Mandou Tatau e Jarbas campanarem Gus Vigiani e resolveu cuidar ele próprio de Baby Morgado, segundo Juvenal o mais amigo de Pepe e o que mais favores lhe devia. Pelo videofone, chamou o delegado de Jacarepaguá e pediu vigilância 24 por 24 da mansão e do heliporto particular de Morgado. Algumas horas mais tarde chegou a informação de um movimento inabitual. Dois motocópteros tinham pousado com quatro dos homens de confiança de Morgado. Naquele momento estavam reunidos. Parecia coisa séria, pois o chefão não costumava reunir seus homens aos domingos.

Antes de sair, Balduíno se comunicou com o juiz Paulo Wolf e trocaram mais algumas ideias. Depois, recebeu um chamado do seu filho Ramon. Pensou que ele devia estar precisando de algum favor, ou tinha se metido em alguma enrascada. Mas ficou surpreso e contente em descobrir que o garoto ligou apenas para bater um papo. Tinha visto o noticiário da televisão, a entrevista de Lili com Balduíno, e ficara interessado no caso do maníaco da pistola "L". Perguntou alguns detalhes que Balduíno procurou responder, apesar da pressa, satisfeito com o súbito interesse do filho pelo seu trabalho.

— E aí, Balduíno — ele quase nunca o chamava de pai, nem mesmo de Zé —, já tem alguma pista?

— Até o momento tá tudo muito confuso. A única coisa que temos é o fato daquele argentino dono do aerotel ter fugido. Estamos tentando encontrá-lo. Achamos que ele tem informações, talvez até esteja escondendo provas.

Balduíno ainda perguntou pelo Zeca e pela mãe dos garotos, com quem mantinha uma relação ruim. Aí Ramon ficou mais frio, desconversou e se despediu sem responder direito as perguntas de praxe do pai sobre o que andava fazendo, se já tinha arranjado emprego, se não ia voltar a estudar, essas coisas.

O chamado seguinte foi menos surpreendente, mas francamente desagradável. O dr. Plutarco Vaz, diretor-geral da Polícia Metropolitana, cobrando resultados.

— Então, como é, já encontrou o tal elemento que fugiu?

— Pepe Moscoso continua foragido. Estou com oito homens empenhados em localizá-lo, seguindo agora uma pista nova: a ligação dele com alguns mafiosos. Vamos efetuar umas diligências.

— O governador está pressionando. Você anda muito lento e está havendo muito vazamento de informação. Fala muito com a imprensa e investiga pouco. Fico sabendo das coisas sempre por último, que nem marido traído. Falei há pouco com o dr. Wolf, ele sabia de coisas que não constavam do relatório que você me mandou. Por quê?

— Que coisas?

— Detalhes dos laudos periciais do legista, da balística.

— Já mandei tudo pro senhor, é só conferir no disquete. Desculpe, doutor, mas tenho que sair para uma diligência, vamos dar uma checada em Baby Morgado, que é amigo de Pepe Moscoso. Com licença. Passar bem.

— Olha os vazamentos, inspetor, os vazamentos.

Decolou sozinho no seu Pégaso rumo a Jacarepaguá. Durante o voo foi arrumando as ideias. Sua intuição lhe dizia que Pepe não poderia estar diretamente vinculado ao crime. Que interesse teria num assassinato dentro do seu próprio estabelecimento? Mas por que então fugir levando provas consigo? Estaria tentando proteger alguém? Quem? Um dos seus amigos da pesada? Mas esses, conforme Juvenal tinha observado, eram bandidos sensatos e a série de crimes com pistola "L" de maneira alguma se ajustava a essa categoria de criminosos. Novamente chegou à conclusão de que seu raciocínio estava certo. Pepe identificara o matador, mas preferia manter a polícia afastada do caso, resolver o assunto por seus próprios meios, recorrer aos seus protetores. Possivelmente achava que eles seriam mais eficientes e mais discretos que a polícia. Ou talvez de alguma forma ele tivesse o rabo preso com o assassino. Balduíno sentia estar na pista certa e isso lhe revigorava o ânimo.

Localizou facilmente a mansão branca de Morgado e ficou dando voltas sobre a região, suficientemente perto para sair no encalço da nave que decolasse de lá, mas longe o bastante para não chamar atenção.

Já começava a se preocupar com o combustível quando veio o aviso no rádio, dos agentes da delegacia local que mantinham a mansão sob observação: quatro dos homens de Morgado haviam decolado em direção à cidade velha num Pégaso azul de seis lugares de propriedade do chefe.

O dia estava claro e límpido, e Balduíno não teve dificuldade em localizar a nave azul sobre os arranha-céus da Barra, e seguiu-os na rota sul-norte até o heliporto metropolitano do Jockey. Os quatro iam distraídos, e não perceberam Balduíno pousando logo atrás.

O inspetor continuava a segui-los a pé, e viu quando entraram na estação do aeromóvel. Apressou o passo e quase os perdeu na multidão, mas conseguiu embarcar no mesmo vagão. Lá estavam três capangas que não conhecia – pareciam durões – e Kito Ruço, lugar-tenente de Morgado, um ruivo enorme, lutador, que não o viu.

Desceram na Estação Bartolomeu Mitre e alugaram um automóvel elétrico numa agência próxima. Enquanto isso, ele alugava uma motocicleta por seis horas no guichê automático da agência vizinha, com seu cartão especial do Ministério do Interior. Balduíno estava preocupado com a forma ousada, quase ostensiva com que seguia os quatro, mas eles continuavam muito desligados e descontraídos. Ele deduziu que deviam estar apenas numa missão de reconhecimento.

Seguiu o carro alugado até uma rua do Alto Leblon e viu os quatro estacionando junto a um prédio. Dois ficaram, e Kito Ruço, com o mulato baixinho, foi conversar com o porteiro. Este lhes disse algo e os dois entraram novamente no carro. Nesse instante o ruivão viu o vulto negro agachado na esquina atrás da motocicleta e alertou os outros. O carro partiu como uma flecha. Balduíno montou na moto e saiu em seu encalço, praguejando. Não ia ser difícil alcançá-los. Aquele carro elétrico não devia dar mais de sessenta por hora, a velocidade máxima permitida, ao passo que a moto...

Balduíno viu a coisa chegando tarde demais. O pneu dianteiro explodiu, o chão subiu, o tombo foi cinematográfico, mas não chegou a se machucar muito, apenas esfolou o antebraço direito. O asfalto da rua estava semeado de "miguelitos", cravos especialmente feitos para furar pneus, que os homens de Morgado espalharam na fuga.

Balduíno se levantou, mandou os curiosos circularem, chamou reforço pelo radiogravador de pulso e começou a recolher os "miguelitos" do asfalto. Irritado, lembrou-se que não anotara a placa do carro, andava meio fora de forma, mas Morgado ia pagar caro por aquele tombo.

Enquanto seus homens não chegavam, voltou a pé para o edifício diante do qual o ruivão tinha estacionado. Procurou o porteiro e se identificou:

— Inspetor Balduíno, Polícia Metropolitana. O que aqueles homens queriam?

— Chegaram perguntando pelo dr. Naguib Carvalho, dizendo que eram amigos dele. Eu disse que ele tinha ido às termas.

— Que termas?

— Acho que foi ao Gomorra Club, no Baixo Vidigal. Mas o que está acontecendo?

Balduíno não respondeu à pergunta, desceu a rua correndo e pelo rádio mandou Tatau e Jarbas seguirem imediatamente para o Gomorra Club, ele os encontraria lá. Teve de seguir a pé até o canal. De lá tomou um táxi e ainda conseguiu chegar antes de Tatau e Jarbas, mas tarde demais para encontrar o dr. Naguib, que saíra, cinco minutos antes, acompanhado de dois senhores e aparentando algum desconforto.

Decididamente o dia não era de sorte para Balduíno, e o caso estava ficando cada vez mais embolado. De repente, foi assaltado por uma furiosa desconfiança de que vinha seguindo a pista errada. Que diabos, o que o crime do aerotel teria a ver com os quatro homens de Morgado atrás de um famoso andrologista? Riu de si mesmo pensando como iria contar a história para Lili: "Como não tinha nenhuma pista resolvi campanar os gângsteres amigos de Pepe Moscoso, de repente eles poderiam também estar interessados no caso. Descobri que Baby Morgado se reuniu com quatro dos seus homens domingo em Jacarepaguá. Armei um chequeio pra cima deles. Flagrei-os tentando contactar nada menos – isso é rigorosamente em off – que o dr. Naguib Carvalho. Você não sabe quem é? É o andrologista da grã-finagem, um expert da picologia. Começam a ficar brochas, recorrem a ele. Felizmente eu não preciso disso. Tou com 52 e muito tesão. Deixa de ser grosseiro, machão, ia dizer Lili, lá do outro lado. Pois é, diria ele, nem todo dia é dia, hoje me dei mal. Saí em busca do Pepe e do maníaco da pistola "L" e acabei encontrando um picólogo..."

16

— Como picólogo, Balduino? Tá ficando doido?

— Tudo isso porque você não liga pra mim.

— Baldu, você é um inútil. A única história que você me dá eu não posso botar no ar. Vou noticiar que a Polícia Metropolitana, investigando o crime da pistola "L", passou o dia todo atrás de um mafioso notoriamente bundão, quase aposentado, e um andrologista! Mas pera aí, até que...

— É, realmente não era meu dia. Me dei mal. Esfolei o braço quando caí de moto lá no Leblon. Tá dolorido. Aqueles caras não queriam mesmo que eu soubesse do interesse de Baby Morgado pelo dr. Naguib. Será que ele tá com problemas?

— Deixa de ser otário, Balduíno, hoje não é mesmo o teu dia, tou entendendo muito mais de investigação que tu. Pensa bem: andrologista, maníaco sexual, mafioso, claro! Mafioso, picólogo, maníaco, entende!

— Não entendo xongas!

— Mas tá tudo aí, negão. Ponto um: Morgado quer algo de Naguib. Não ia mandar quatro dos seus capangas para marcar uma consulta, pedia à secretária ou ligava ele próprio. Morgado não vai querer que corra no milieu que ele tá ficando impotente, não é? Muito bem, ponto dois: Morgado quer algo de Naguib: certamente uma informação. Quem sabe uma informação que leve ao homem da pistola "L"? Ponto três: você mesmo falou "enfia, mas não goza", de repente o cara tem um distúrbio, consultou o médico. Morgado soube de alguma maneira, quem sabe foi o próprio Pepe? Tá tudo batendo, tudo clarinho...

E lá estava o rosto dela, sempre tão irônico com aquela rebelde mecha na testa e aquele sorriso de pequeno animal carnívoro. Disse tchau, Baldu, e sumiu da tela, esverdeando o videofone.

Ele se levantou e ficou dando voltas pelo gabinete. Por um lado satisfeito com a nova pista, por outro, literalmente arrasado. Algo está errado comigo, não consigo mais raciocinar, esqueço de coisas elementares. "Enfia, mas não goza", eu já tinha pensado nisso.

E Balduíno passou as horas seguintes tentando localizar o dr. Naguib Carvalho, que foi encontrado, já de madrugada, no longínquo subúrbio de Japeri, num estado vizinho ao coma alcoólico. Contou à polícia que foi sequestrado por dois homens, jogado na mala de um carro, depois levado, por via aérea, até um lugar a uns dez minutos de voo do Leblon e obrigado a entregar o cartão, as senhas do seu terminal e o disquete do arquivo de pacientes do mês de agosto de 2017. Ou seja, estavam, obviamente, à procura de um dos seus clientes. Depois disso tiraram seu capuz e ele se viu na presença de três indivíduos com máscaras multicores que cobriam inteiramente o rosto e a cabeça, deixando apenas furos redondos em volta dos olhos.

Em seguida o dr. Naguib foi forçado a beber uísque paraguaio até ver cobras e lagartos e foi abandonado numa viela deserta de Japeri, depois de um curto voo de motocóptero, na companhia de apenas um dos sequestradores. Dado seu estado etílico, o andrologista não seria capaz de identificar esse homem.

Balduíno encontrou Naguib na 315ª delegacia e o interrogou rapidamente. Depois se comunicou pelo terminal com o juiz de instrução, o dr. Paulo Wolf. A cara jovem e maliciosa do magistrado com suas melenas loiro-esverdeadas apareceu na telinha.

— Olá, Balduíno. É o caso do maníaco? O Conselho Regional de Justiça anda me pressionando, querem soluções rápidas. Espero que você tenha novidades.

— Com efeito, meritíssimo. Preciso de seis mandados de prisão por sequestro de pessoa, manutenção em cárcere privado e ingestão à força de substância tóxica e de péssima qualidade. Uísque paraguaio. Infâmia! Você estava informado? É um crime ligado ao caso do maníaco, interessa ao Ministério do Interior, ao Ministério da Defesa e ao Estado-Maior das Forças Armadas. Preciso de amparo legal para prender o gângster Manuel "Baby" Morgado, seu adjunto Kito Ruço, três capangas ainda não identificados e o foragido Pepe Moscoso, proprietário do Olympus Aerotel, uma testemunha-chave no caso do maníaco que está em fuga.

— Bom, Balduíno, só posso te dar cinco mandados de prisão para averiguações. Morgado e os seus capangas. Pepe Moscoso só uma intimação a depor. Se achamos que é apenas testemunha só devemos intimá-lo. Ele pode inclusive dispor de um prazo para comparecer. Não vou deixar você prender um cidadão assim sem mais nem menos.

— Tá certo, juiz. O meritíssimo é que sabe... Porra, Paulo, tou te oferecendo revanche, a bola sete de vantagem. Aposta dobrada.

— Quinta-feira, Baldu, quinta. Tou mandando os mandados daqui a quinze minutos. Pode efetuar as prisões. Bola sete? Quero ver.

O rosto seguinte no videofone da 315ª foi o de Tatau Padilha, a quem Balduíno deu rápidas instruções para a operação da manhã seguinte. Depois veio a vez de Lili, de novo.

— Vou dar uma batida na mansão de Morgado, deter os autores do sequestro do dr. Naguib Carvalho e ver se pego com eles o disquete que estamos procurando. Amanhã às oito e meia, em ponto. Ninguém pode saber, tou te dando um furo exclusivo.

— Grande Balduíno! O investigador de ébano que dá a maior audiência no meu programa.

— Mas você não dá audiência no meu...

— Lá vem ele de novo. Baldu, de uma vez por todas. Não é que eu não ache você atraente, pelo contrário, acho o melhor, no gênero. Acontece que tou aí com duas relações complicadíssimas. Meu ex-*má non troppo*, que se mudou pro mato e virou santo, e um músico absolutamente desvairado que me dá muito trabalho. Não posso investir afetivamente em mais nada...

— Tá melhorando, tá melhorando, agora pelo menos você está considerando a hipótese. Tu não me conhece, ainda.

Ela viu o sorriso alvo do crioulão de óculos sumir do vídeo e digitou o ramal de Mike Fontourinha.

— Ema, uma notícia sensacional! Amanhã às oito e meia o Balduíno vai prender Baby Morgado e os seus homens, na esperança de conseguir os disquetes que podem levar ao assassino.

— Ótimo, menina. Vou preparar tudo. Transporte, equipamento e já reservar um bom espaço nos noticiários. O Vi vai com você.

Lili ficou contente. Vinícius "Vi" Almeida era o câmera mais competente e arrojado da TV-3, além de ser um bom amigo. Tinha voltado de férias uma semana antes e já a acompanhara naquela primeira cobertura no Olympus Aerotel e no distrito da Polícia Metropolitana.

Na manhã seguinte, bem cedo, lá estava ele mais sério que de costume verificando o equipamento. Vestia macacão azul-celeste, sapatilhas de plástico, um lenço vermelho no pescoço.

— Que elegância, Vi.

— É que hoje me deu vontade de botar roupa bonita, não sei por quê. Esta noite tive um sonho engraçado. Estava num túnel escuro e vinha um trem do outro lado, com uma puta luz, mas eu não estava com medo.

E colocou a câmera no ombro. Vi era alto e forte, seu cabelo curto com algumas entradas. O perigo da calvície o preocupava bastante. Gozador e malicioso, tinha uma relação meio tempestuosa com Mike, que Lili suspeitava ser, secretamente, apaixonado por ele. Com ela o fotógrafo tivera um rápido caso, há séculos. Ema perdia seu tempo, pois Vi era um mulherengo inveterado. Devia ser por isso que brigavam tanto.

Seguiram para Jacarepaguá a bordo do Helicat de seis lugares da emissora, Vi foi pilotando. O radar estava defeituoso e eles perderam um bom tempo numa camada de nuvens sobre a Pedra Bonita. Por isso chegaram dez minutos atrasados no heliporto particular de Baby Morgado, no terraço do seu palacete de um mau gosto a toda prova.

Já estavam parqueados ali dois Pégasos com as insígnias e matrículas da Polícia Metropolitana, três outras naves, provavelmente de Morgado, e um Centauro MH-2000 prateado, quase encostado à rampa dos elevadores.

O portão blindado de acesso estava entreaberto com sua célula fotoelétrica desligada. A mansão parecia sem luz. Embrenharam-se por um corredor escuro com piso de mármore, completamente escuro, Vinícius acendeu a lâmpada acoplada a sua câmera mas de forma descontínua, para não gastar muita bateria. Chegaram a uma saleta de espera. Nenhum segurança nem recepcionista, uma escadaria serpenteada, novo corredor escuro, ainda mais comprido, e finalmente um jardim de inverno oval com uma grotesca estátua grega no meio, muitos vasos com samambaias choronas dependurados, um fícus meio atrofiado e orquídeas plantadas numas louças esquisitas parecendo bidês.

O jardim de inverno tinha várias portas e eles ficaram desorientados, sem saber por onde seguir. Ainda estavam na dúvida quando ouviram os gritos, o corre-corre e a detonação ensurdecedora.

Os rumores vinham do andar de cima. Eles correram, mas pela porta errada, a que dava para uma sala com um grande aquário, cheio de peixes coloridos. Lili se deu conta do engano e comandou a volta ao jardim de inverno a tempo de passar, entre as plantas, um vulto. Era um homem grandão, de gorro preto, roupa de ginástica verde com riscas amarelas e uma arma na mão.

O homem correu para dentro do corredor escuro perseguido por Vinícius Almeida com a câmera e a lâmpada ligada. Começava a filmar quando veio o raio.

Passou à velocidade da luz a alguns centímetros da bochecha de Lili. Atiraram-se ao chão, e ficou tudo escuro. Escutaram o rumor de passos de corrida no chão de mármore às suas costas. Um grito de "alto" e o estrondo ensurdecedor de um calibre .12.

Lili, comprimida contra o chão, berrava histericamente pensando naqueles trezentos grãos de chumbo grosso passando por cima deles, quando um novo raio de luz veio do outro lado. Agora era um feixe contínuo que ziguezagueava nas paredes do túnel arrasando tudo de passagem. Paredes lascavam, caíam pedaços do teto.

O feixe, demolidor como uma serra elétrica de muitos metros de comprimento, apagou-se repentinamente, devolvendo o corredor a um completo breu. A câmera de Vi Almeida fora partida ao meio e ele jazia de costas com um enorme corte fumegante que começava entre o ombro e o pescoço e ia quase até a cintura. O cheiro de carne queimada era insuportável.

O silêncio do túnel era cortado apenas pelo fôlego aflito dos sobreviventes. Os soluços de Lili, a respiração ofegante de Balduíno que se achegou rastejando.

— Lili. Lili... Você tá bem?

— Puta que pariu, o Vi tá morto!

— Eu vou atrás dele, fique aqui deitada, não se mova.

E Zé Balduíno seguiu de rastros, veloz como um lagarto, no encalço do assassino. Agora sim, estava carregado de adrenalina, sentia-se uma máquina de combate. Uma quase alegria de matar e morrer.

Ouviu as explosões e viu o clarão dos incêndios no heliporto. Fulminadas, explodiram uma atrás da outra todas as naves parqueadas, com exceção do Centauro prateado, que decolou quase silencioso como num salto de gafanhoto e se perdeu no azul do céu, quando ele saía do túnel.

Balduíno atirou, achou que tinha acertado na fuselagem, mas a nave continuou a voar e sumiu. O álcool incandescente ardia pelo cimento polido do terraço, uma poça de fogo correu para as pernas de Balduíno, que fugiu na direção oposta, de volta para o túnel, logo encontrou Lili, no jardim de inverno, escondida atrás de um vaso gigante.

A moça já recobrara o sangue-frio e estava eriçada como um lince. Seus olhos violeta soltavam fagulhas.

— Puta que pariu, Balduíno, esse monstro matou o Vi! Não consigo acreditar. Isso não aconteceu! Não pode ter acontecido!

— É pior ainda, Lili. Venha ver, mas não se assuste.

Lili viu. No andar de cima, um tórax com braços e pernas estava sentado à cabeceira da mesa sobre o café e o ovo cozido. A alguns passos dali, sobre o carpete, a cabeça redonda e reluzente de Baby Morgado. Debaixo da mesa, Kito Ruço virtualmente cortado ao meio, na altura do baixo-ventre. Um outro dos homens de Morgado caído no vestíbulo. Para completar o quadro macabro, ali no canto, Jarbas e Castelo, o tira jovem, se debruçavam sobre Tatau Padilha, que gemia de dor. Prostrado no chão com todo aquele corpanzil, na mão direita uma toalha tentando estancar a hemorragia daquele cotoco esquerdo ceifado na altura do antebraço. A mão decepada parecendo um brinquedo esquisito, de anel e relógio de pulso, ali esquecida sobre o carpete alvo fofo manchado de sangue já coagulado. No ar, um cheiro forte de galinha queimada.

NO COMETÃO

17

O governador fez um gesto de impaciência, dilatou as narinas, fungou, passou a mão pelo cabelo ralo, tirou os óculos redondos de aro prateado e ficou tamborilando nervosamente a mesa. O coronel do Estado-Maior e o subsecretário da defesa se mexeram nas respectivas cadeiras, o chefe da Polícia Metropolitana olhava raivosamente para José Balduíno, que acabava de entrar na sala. O juiz de instrução fora o único a cumprimentá-lo com um sorriso.

— Entreguei o caso para ser resolvido com rapidez e discrição e olha a cagada que o senhor me aprontou!

O dr. Plutarco, chefe da Polícia Metropolitana, parecia um sapo indignado.

Balduíno veio até à mesa comprida e tomou seu lugar, do outro lado, depois de cumprimentar, um a um, os superiores membros daquele grupo *ad hoc*, ou gabinete de crise, que acabava de se formar para tratar dos últimos acontecimentos.

— Lamento muito o acontecido, senhores, meu cargo está à disposição. Assumo total responsabilidade pelo que ocorreu.

— Sua demissão não resolve nada. Agora você vai até o fim. Não vamos tirá-lo do caso, mas estou assumindo diretamente o controle. Gostaria de ouvir suas explicações.

O governador estava muito tenso, acabara de conversar, pelo videofone, com o primeiro-ministro, o ministro da defesa e o chefe do Estado-Maior. O maníaco da pistola "L" se transformara num caso de prioridade máxima. Depois da morte do fotógrafo da TV-3 e do massacre na mansão do gângster Baby Morgado, era o inimigo público número um. Balduíno tomou a palavra.

— Senhores, estou perplexo com o que ocorreu. Vou fazer um breve resumo dos fatos. Desde anteontem eu seguia uma possível pista para a identificação do homicida. Alguns dados nos levaram a suspeitar de que ele havia realizado, há cerca de dois anos, um tratamento com um conhecido andrologista da praça, o dr. Naguib Carvalho. Chegamos a essa conclusão em virtude do interesse demonstrado pelos homens de Morgado, que chegaram a sequestrar o médico para colher informações. Ele lhes revelou as senhas eletrônicas e eles foram no seu consultório e levaram seus arquivos em disquete relativos a julho, agosto e setembro de 2017. Eu tinha elementos para botá-los na cadeia por sequestro e manutenção em cárcere privado, e de lambuja ia ter acesso aos dados que procuramos...

— Mas qual o interesse de Morgado no caso do maníaco? — perguntou o coronel Praxedes.

— Aparentemente, coronel, ele foi procurado por Pepe Moscoso, o dono do Olympus, que lhe paga proteção, para localizar e eliminar o maníaco, evitando, assim, recorrer à polícia. É uma suposição, pois o tal Pepe está sumido. Mas, continuando, decidi efetuar uma diligência com meus homens e obtive do dr. Paulo Wolf, aqui presente, mandados de captura. Fui tranquilo pois sabia que Morgado não iria reagir. Não é do seu feitio e, de qualquer modo, ia ser difícil mantê-lo na cadeia mais de 24 horas. Lá chegando, encontrei a mansão aberta e entrei com meus homens. Parecia tudo deserto. Cheguei na sala e dei de cara com aquela cena dantesca: Morgado decapitado, e dois dos seus homens também mortos, muito mutilados. Apenas me refazia da surpresa e estava agachado checando uma das vítimas quando surgiu um vulto atrás de uma cortina e decepou o braço do meu auxiliar, o detetive Tatau Padilha. Tentei acertá-lo, mas tropecei e errei o tiro. Ele fugiu, e, na perseguição, matou o rapaz da TV, incendiou as naves parqueadas no heliporto e escapou. Fomos completamente batidos. O homem tem uma arma poderosíssima e é um combatente de primeira. O disquete de Naguib sumiu. Eu só vi um vulto: mais ou menos um metro e oitenta, grisalho, uns 45 anos, muito forte.

— Duas perguntas, inspetor Balduíno: como foi que o assassino descobriu que Baby Morgado se interessava por ele? Segundo: que diabo fazia no local aquela equipe de TV?

— Não tenho ainda uma explicação satisfatória para a primeira pergunta. A TV fui eu que avisei, tenho consciência que foi um erro gravíssimo e me considero responsável por isso. Estou disposto a assumir as consequências...

O sapo estava roxo de ódio, apoplético.

— Estou ciente das relações especiais que o senhor cultiva com aquela repórter. Em algumas ocasiões foi interessante para a força, ajudou a nossa imagem perante o público, mas agora o prejuízo foi maior do que qualquer benefício anterior. O senhor se desmoralizou e desmoralizou a Polícia Metropolitana. Estou disposto não só a aceitar sua demissão como a aposentá-lo, compulsoriamente.

O governador irritou-se com o chefe de Polícia e deu um murro na mesa:

— Merda, senhores. Merda! Isso é um assunto interno da Metropolitana que não cabe a essa comissão de alto nível! Depois do caso encerrado, os senhores se entendam. Agora eu quero providências concretas, soluções, resultados práticos, imediatos! Determino que o inspetor continue à frente do caso porque a essas alturas qualquer substituição será perda de tempo. O tempo é valioso. Quero esse psicopata preso em menos de 24 horas. Exijo!

— Voltando aos fatos, inspetor. Gostaria de saber as suas hipóteses para o vazamento da informação que possibilitou ao maníaco chegar de forma tão fulminante ao gângster Morgado — insistiu o coronel Praxedes.

— Coronel, minhas hipóteses de trabalho no momento são as seguintes: um, ele pode ter sido avisado pelo próprio Naguib, ainda que isso pareça improvável. O pessoal da 315ª garante que ele não se comunicou com ninguém, além da família. Dois: vazamento de informação dentro da Polícia Metropolitana. É delicadíssimo, mas temos que considerar. Três: vazamento junto à imprensa. De alguma forma ele pode ter interceptado algum videofonema meu à repórter Lili Braga que, de certo modo, me ajudou no caso.

— Inspetor, o senhor se dá conta da enormidade da sua incompetência?

O chefe da Polícia estava possesso, tanto mais porque o governador não parecia disposto a sacrificar o bode expiatório que ele lhe oferecia. Queria ver Balduíno fora do caso e, de preferência, fora da Metropolitana.

— Delegado, já disse que não quero ouvir esse tipo de assunto aqui. Acertem-se depois, quando o caso estiver encerrado. Agora, quero resultados, senão garanto que o inspetor Balduíno não será o único a pular fora!

— Desculpe, excelência.

— Senhores, a essa altura gostaria de lhes comunicar a opinião do Estado-Maior — interveio oportunamente o coronel Praxedes. — Desde que começaram esses crimes da pistola "L" temos observado com preocupação especulações que têm sido feitas envolvendo a possível participação de algum integrante das Forças Armadas, visto as características do armamento utilizado. Apesar de considerarmos totalmente absurdas essas especulações, realizamos uma minuciosa investigação e, depois do crime do Olympus, determinamos o recolhimento para análise de todas as armas desse tipo, que não passam de 164, em todo o país. Novamente ficou constatado que está tudo normal, nenhuma delas foi retirada dos arsenais, recentemente, estão todas controladíssimas. A nossa suposição é de que se trata de uma arma contrabandeada. Ainda assim, nossos serviços investigam o caso paralelamente. Sem desmerecer naturalmente o grande empenho das autoridades policiais.

— Está certo, coronel. Precisamos conjugar esforços. Seria importante que pudéssemos examinar juntos, se não for segredo militar, a localização de uma a uma dessas armas. Imagino que o Estado-Maior e o Ministério da Defesa não deverão apresentar objeções.

— Vamos estudar o caso, inspetor.

Balduíno se levantou lentamente, apertou a mão de cada um dos presentes, inclusive a de Plutarco Vaz, e saiu do gabinete na companhia de Paulo Wolf, o juiz de instrução. A primeira coisa a fazer era descobrir por onde vazara a informação. Era a única forma de recuperar a pista borrada.

18

Seu pavor era tão grande que nem a presença de Isadora adiantava. Pepe não conseguia parar de pensar que escapara da morte por uma questão de dois ou três minutos. As imagens da véspera estavam grudadas na sua retina. Era só fechar os olhos que apareciam, nas cores de um sonho mau.

Kito Ruço voltando de madrugada com o disquete do arquivo do dr. Naguib. Baby Morgado já estava dormindo e não quiseram acordá-lo. Era ele e mais ninguém que operava o house Computer. Pepe estourava de ansiedade, queria logo examinar a lista de pacientes de Naguib, de agosto de 2017, ver nome por nome e, nas imagens do arquivo, tentar identificar o homem que procuravam. Mas o padrinho dormia, e seu sono era sagrado. Pepe ficou perambulando pela mansão. Depois tentou puxar assunto com Kito Ruço.

Era um ruivo fortíssimo, lutador de caratê, e que parecia sempre exageradamente grande para o espaço que ocupava. Apesar do corpanzil, movia-se silencioso como um gato, se exprimia por grunhidos e monossílabos.

— *Entonces, Kito, como fue el asunto con Naguib*?

— Foi mole.

— *Naguib reveló la identidad del tarado ese*?

— Não.

— *Pero ustedes conseguiram localizar el disk de agosto de 17.*

— Éhg.

— *Entonces se vai poder dar un jeitinho pra descobrir, no cierto*?

— Éhg.

— *Quando hacemos la identificación? Mañana*?

— Amanhã, se o chefe mandar.

— *Qué horas Morgado despierta*?

— Oito, oito e meia...

— *El trabajo ese no vai ser muy dificil? Va ser posible neutralizar el asesino, ya hicieron trabajos mas difíciles, no*?

— Éhg.

Decididamente o ruivão não queria papo e Pepe desistiu. Não soube sequer do incidente com Balduíno. Kito queria que o patrão fosse o primeiro a saber. Se achasse conveniente, revelaria a Pepe. Kito era a obediência personificada, se Morgado lhe mandasse saltar de uma nave sem paraquedas ele o faria sem titubear, era pelo menos a impressão que dava a Pepe. Mais do que um capanga, uma espécie de filho adotivo.

Meio agastado com a secura dele, Pepe ficou assistindo a uns programas, brincou com uns videogames, pensou em voltar à cidade velha com o pequeno Pégaso de dois lugares que Gus Vigiani lhe emprestara, mas resolveu pernoitar lá mesmo à espera que Morgado acordasse. Adormeceu no sofá do jardim de inverno entre samambaias choronas, um fícus e curiosas orquídeas plantadas em bidês. Acordou com a mãozona de Ruço no ombro.

— O chefe tá chamando.

Na cabeceira da mesa, Morgado vestia um roupão de seda de uma púrpura cardinalícia, enquanto comia seu ovo quente com suco de laranja e café com creme.

— Pepe, você vai ter que sair daqui, imediatamente. Ontem, quando mandei os homens à casa do dr. Naguib, foram seguidos pelo Balduíno. Conseguiram dar um tombo de motocicleta nele. Foi uma besteira. Deviam ter interrompido a operação. Balduíno deve estar furioso e certamente virá aqui me incomodar. Não vai ser surpresa se aparecer, hoje, com um mandado de busca. Por isso, logo depois do café, vou mandar o Kito para um esconderijo com esse disk. Você volta para o Gus e quando tudo estiver limpo mando te buscar e faremos a identificação noutro local. Agora são oito e cinco, você vai agora mesmo, hoje de noite nos falamos de novo. Quero ver no que vai dar o problema que esse cretino me arranjou com a Metropolitana.

Pepe saiu imediatamente e se lembra ainda de Kito Ruço de cabeça baixa levando uma descompostura do patrão. Sua última lembrança de Manuel "Baby" Morgado.

No momento da decolagem ele percebeu que outra nave descrevia um círculo sobre a mansão e se preparava para pousar. Já no ar, a uns bons quinhentos metros de altura, reparou que acabava de pousar um Centauro MH-2000. Pepe se lembra perfeitamente de ter sentido um calafrio subindo do esfíncter até a nuca. Chegou a pensar que podia ser o homem, mas descartou a ideia como paranoica. Como diabos iria chegar ali? Devia ser uma outra pessoa. Quantos Centauros MH-2000 prateados havia no Rio de Janeiro? Centenas!

Agora, mergulhado no mais profundo horror, assistia às notícias da noite. O massacre na mansão Morgado era o grande destaque do telejornal. A morte do câmera da TV-3, o ferimento de um agente da Metropolitana, o terrível fim de Morgado, Kito Ruço e um terceiro homem, ainda não identificado, eram narrados nos ínfimos detalhes pela repórter Lili Braga, que quase fora vítima do facínora. Seguidamente passaram as últimas imagens feitas pelo pobre Vinícius "Vi" Almeida. A mansão Morgado e seu heliporto ao longe se aproximando, a porta aberta, os corredores, o jardim de inverno, um confuso corre-corre, um vulto perseguido pela câmera trêmula, um túnel escuro, uma explosão de luz. Vi de Almeida praticamente filmou a própria morte, mas suas imagens não serviam para identificar o assassino, visto de relance e completamente fora de foco.

Fria e precisa, com a emoção quase contida, apenas transbordando pelos olhos lacrimejantes, a repórter narrava sua aventura. O inspetor Balduíno não queria falar à imprensa. Surpreendido por outra equipe no hospital, ele prometia uma entrevista para o dia seguinte. O diretor-geral da Polícia Metropolitana, dr. Plutarco Vaz, se negava a fazer quaisquer declarações e se limitara a emitir nota anunciando abertura de sindicância para apurar eventuais negligências e quebras de sigilo. O governador também emitiu comunicado anunciando a formação de um grupo *ad hoc*, um "gabinete de crise" para tratar do caso. Prometia para as próximas horas a captura do maníaco da pistola "L", que a imprensa já estava tratando de "o inimigo público número um".

E novamente aquelas imagens horrendas: a cabeça decepada daquele homem que minutos antes Pepe Moscoso vira tomando suco de laranja, com ovos cozidos. Os destroços dos vários aparelhos destruídos no heliporto, um monte de carcaças fumegantes e enegrecidas. Era impossível perceber, ao certo, quantas naves haviam sido incendiadas. Parecia um campo de batalha, uma guerra.

Pepe não conseguia tirar os olhos do vídeo, como também não conseguia tirar das entranhas aquele pavor que o sufocava. De alguma forma inexplicável o assassino parecia saber de tudo e estar sempre um passo à frente de todos. Contra ele a polícia nada pudera, e Manuel "Baby" Morgado, um dos gângsteres mais temidos e respeitados da praça, fora aniquilado na primeira escaramuça.

Gus Vigiani ficara apavorado também. Ainda mais porque um dos seus guarda-costas jurara ter visto dois homens da Metropolitana de binóculos campanando a entrada dos fundos do Lapa Palace. Educada, mas firme, pediu a Pepe que mudasse de esconderijo no dia seguinte. E enquanto esperava o passar das horas, lentas como lesmas, Pepe afundava cada vez mais num poço sem fundo de terror. Não conseguia desprender de si aquele par de olhos frios e cinzentos que o fitavam no escuro e prometiam: você será o próximo.

19

A fumaça branca subia lenta, preguiçosa, e se dissolvia no céu de chumbo. Um vento forte, agourento, inclinava os ciprestes e por vezes uivava, tristemente. Lili olhava a chaminé, os rolos de fumaça, sua lenta dissolução na garoa da tarde com um amargo fascínio. Tentava sintonizar, de alguma forma, o espírito do amigo, mas sabia que era inútil. Cedo demais. Naquela hora ele devia estar vagando numa dimensão distante do astral, ainda sob o choque da brutalidade e da surpresa com que fora desencarnado. Mas tinha segurança que dali a uns tempos esse contato seria possível com ajuda do yajé, da corrente espiritual do pessoal de Nando. Sabia que um dia no futuro, no meio de uma floresta, recobraria a presença de Vi, seu calor humano, sua essência. Matariam as saudades, trocariam impulsos de vida dos dois lados da fronteira.

Por isso ficou mais tranquila, afastou de si por uns instantes o horror que a sufocava e teve mais forças para enfrentar aquele acontecimento social. Pois era antes de tudo um acontecimento social. Lá estavam, naquela tarde paulistana, junto ao crematório, quase todos os seus amigos e colegas do eixo Rio-São Paulo e outros vindos do Sul e do Nordeste, do Centro-Oeste, da capital, algumas pessoas muito queridas que não via há séculos, velhos amores, colegas de muitas reportagens, quase todas as figuras mais proeminentes do jornalismo e, particularmente, do telejornalismo. Políticos, intelectuais, dois governadores. Também estava ali toda a alta hierarquia da emissora, os chefes médios, os altos chefes, a cúpula propriamente dita, até o próprio dr. Luben Pentkov, diretor-geral e presidente da rede, 92 anos, em cadeira de rodas, se recuperando rapidamente de um derrame.

Ali entre aquela multidão jovem e colorida, o velho na cadeira de rodas passava por um vovozinho bonachão, nunca um homem tão poderoso, tão temido. Os outros chefes eram muito cordiais, muito cheios de atenções, uma forte humildade os impregnava, humanizava e os fazia diferentes do que eram no cotidiano dos gabinetes. A presença da morte a todos nivelava; de Leônidas da Silva, o contínuo da redação – salário-mínimo, sempre ameaçado de desemprego por alguma robete – ao poderoso dr. Pentkov. Todos eram iguais perante a morte.

O dr. Grudeson se aproximou de Lili Braga com olhos baixos, reverentes e com uma voz abafada, condoída.

— Estou consternado, minha filha, me sinto responsável. Vou fazer pela família dele o que puder. Sempre gostei muito daquele rapaz. E você, minha filha, se revelou a grande heroína da nossa rede. Aqui não é lugar apropriado, mas lhe garanto – já conversei com o dr. Edmilson – vamos reconsiderar aqueles pedidos a seu respeito que Michel Fontoura me fez. Você vestiu mesmo a camisa, nós estamos contentes com seu trabalho.

Lili grunhiu azedamente, mas nem assim tirou Grudeson da obsequiosidade reverente. Ele fingiu que se tratava de um agradecimento da repórter.

— Não tem de quê, minha filha. Somos assim. Uma grande família.

Vi Almeida, nos seus quase vinte anos de fotógrafo, cinegrafista e cameraman, conhecera muita gente e era filho de uma família importante. Seu pai fora ministro das Minas e Energia do último gabinete liberal, no final do século. Falecera há uns cinco anos, mas muitos dos seus amigos se sentiram na obrigação de vir à cremação do filho. Assim misturados à multidão jovem e colorida, que dava à cerimônia fúnebre o aspecto de quase um sarau, um grupo de senhores e senhoras de idade consolava a pobre mãe de Vi, Dona Milena.

Entre eles, Lili reconheceu o dr. Próton Nogueira, o diretor do Museu Nuclear de Angra. Há tempos ela fizera uma reportagem com ele. Umas denúncias de venda ilegal de material físsil para uma empresa filipina, aparentemente testa de ferro de um movimento separatista muçulmano de umas ilhas do arquipélago. Nogueira foi o homem dos desmentidos e a matéria terminou brecada por falta de substância e evidências. Agora lá vinha ele, todo amável, olhar baixo parecido com o do dr. Grudeson.

— Boa tarde, senhorita, lembra-se de mim? Lá do Museu de Angra. Diretor-geral. Concedi-lhe uma entrevista.

— Ah, claro, claro, o museu atômico. Dr. Nêutron?

— Próton, Próton Nogueira!

— Ah, desculpe-me...

— Assisti a sua cobertura no *Notícias*, fantástica! Admiro muito seu trabalho, acho a senhorita a melhor repórter da TV brasileira.

— Muito agradecida.

— Qualquer coisa que precisar. A propósito, a senhorita chegou a ver de perto o assassino?

— Vi meio de relance, foi tudo tão rápido e tão horrível que nem me lembro direito. Vi um vulto de roupa de *jogging* verde com listras amarelas, grandão, de gorro preto. Não vi a cara. Nem a cor do cabelo.

— É, nessas horas... Há uns anos atrás fui assaltado em pleno calçadão Vieira Souto, ali perto da Estação Vinicius de Moraes. Vi o assaltante de frente, mas depois não consegui mais me lembrar da cara dele. A polícia queria um retrato-falado, mas não teve jeito.

— É, dr. Próton, nessas horas...

E livrou-se do diretor de museu apenas para cair nos braços de Dino Bustamante, produtor de cine e videofilmes. Já estava se movimentando para comprar a história do maníaco da pistola "L" e fazer um filme ou uma telenovela. Queria que Lili escrevesse o argumento.

— Vou pensar, Dino, aqui não é o lugar...

E se afastando dos chatos mergulhou num grupo de amigos.

—... estava tomando chope com ele na terça-feira, no Baixo Vidigal, trepamos a noite toda, tou vendo a fumacinha dele saindo da chaminé. A vida é filha da puta mesmo.

— Ai, Selma, para com essa baixaria! Ele apenas passou de uma dimensão para outra. Agora já tá cientificamente provado.

—... pô, um cara da pesada, um amigo leal, uma flor de pessoa, linda e generosa, um profissional brilhante, um cara franco, honesto, combativo, grande comedor de mulheres, um craque de futebol de salão, um virtuoso na fotografia, um artista...

— É a impunidade. A impunidade que continua grassando nesse país, esses criminosos todos à solta, a polícia não faz nada, são uns ineptos, uns cagões, veja você esse tal inspetor Balduíno, todo metido a besta, metido a Sherlock Holmes, tava lá com mais três homens e o cara sozinho botou eles todos pra correr. Diz que o Balduíno se cagou de medo!

— Pô, também, com uma arma daquelas, qualquer um se cagava de medo. Ou não se cagava?

— Não tem desculpa, a gente paga imposto e eles são pagos pra isso: pra ter colhão!

—... mas que sorte, Lili, criatura, você nasceu de cu pra Lua...

— Verdade que você pediu demissão?

— Verdade que você foi demitida?

—... um leão, um sujeito reto, impoluto, altruísta, completamente incapaz de um egoísmo, um bom-caráter, um santo...

— Você devia mandar esse Grudeson escroto pra puta que o pariu!

— O espírito dele se dissolveu no grande espírito, mas é possível entrar em contato com ele de várias formas. Diz que a Dona Mimi vai no próximo fim de semana ao candomblé de Siá Jurema de Ogum tentar o primeiro contato.

— Veja bem que não existe incompatibilidade entre o que você está dizendo e o materialismo dialético, tudo ou é matéria ou é energia. Isso aí é energia, simplesmente uma forma de energia.

— Nada li, nada vi, nada ouvi capaz de afastar-me da minha fé, sou radicalmente agnóstico!

— Acho que a última mulher que ele transou foi a Fátima... Não, foi a Selma!

—... um ás da fotografia, um Cartier Bresson de Pinheiros, um gênio.

E aquela fumacinha flutuando, se dissolvendo lentamente no céu, entre as árvores. No horizonte dentilhado de arranha-céus são-paulinos, a claridade de um sol deitando entre sujos lençóis de nuvens.

20

Balduíno entrou. A sala tinha o mesmo cheiro de incenso, tudo exatamente no mesmo lugar. O divã, a poltrona dele, o par de óculos de leitura no chão, a fleuma, o clima uterino.

— Então você quer voltar à análise, Zé Balduíno?

— Quero, doutor, nós havíamos nos dado alta, mas, de uns tempos pra cá, ando muito mal de cuca. Mal mesmo! Tou precisando voltar. Tou péssimo. Envelheci, dei uma regredida, tou ficando frouxo. Um velho frouxo e ansioso quase que se humilhando com mulher.

— É, tá meio regredido, mas a gente dá um jeito nisso. Por exemplo, você falou ansioso e humilhado com as mulheres. Você já tinha trazido muito isso em análise e tivemos todo um processo de exteriorização e superação desse negócio. Você mesmo afirmou, nesse mesmo divã, cinco anos atrás, que tinha conseguido estabelecer um contato livre de ansiedades, relaxado. Que tinha aprendido a deixar fluir as coisas, fluir e fruir. Se fosse pra elas virem, elas viriam, sendo você um homem consciente do seu encanto, do seu magnetismo. Você exteriorizou e superou a possessividade e a agressividade na sua relação com as mulheres, seu universo afetivo, sexual. Você me disse, na nossa última sessão: me sinto um homem tranquilo, capaz de lidar com a tensão do trabalho e usufruir do prazer do tempo livre. Você estava separado de Glória, lendo muito e com uma relação satisfatória com três amigas ou amantes.

— É. Nada na vida é definitivamente adquirido, é um batalhar sem fim, qualquer descuido... Tou há mais de um mês sem trepar, me sinto abandonado, rejeitado por todas elas, não correspondido pela que mais desejo, aquela loirinha. Bom, isso quanto à libido.

"Quanto à polícia, é o fim. O fim da linha, doutor, o fim de quase trinta anos de carreira, de forma inglória. Dessa vez esse pulha do Plutarco quer mesmo a minha cabeça e o governador está de saco cheio de segurar a minha barra. Fui irresponsável, criminosamente irresponsável, inepto, incompetente: UM CRIOULO BURRO! Dei o serviço todo, o ouro pro bandido. Levado pela minha vaidade, por um infantil problema de autoafirmação com relação àquela repórter, coloquei em risco a sua vida e sou indiretamente responsável pela morte daquele rapaz. E como sou um covarde, um miserável dum crioulo covarde, não tive sequer colhão pra ir ao enterro. Lili deve se estar dizendo que sou um rato, e tem razão.

"Depois o Tatau. Tanto sacaneei esse rapaz. Claro, ele não é dos mais dotados na investigação, meio limitado de intelecto, mas é um pé de boi, um fiel, um dedicado, e por causa de mim ficou um inválido, maneta, o coitado.

"Só não lamento é o Morgado e aquela corja. Mereciam, mas agora vou ter problemas terríveis, ter que explicar tudo aos juízes da corregedoria. Vou ter que pedir mais favores ao Paulo, mais um, o milésimo.

"E o pior de tudo é que, além de ser um crioulo burro, fui um crioulo cagão. Quando vi aquela cortina se abrir e aquele raio de luz cortar a mão do Tatau, mergulhei no chão e fiquei deitado, escondido atrás do sofá. Ele não me viu por causa disso, se tivesse visto eu não estaria aqui no divã lhe contando a história. Aí ele correu e eu tomei vergonha na cara. Me vi no espelho da sala atrás do sofá, bunda pra cima e cabeça pra baixo, parecendo avestruz, tive uma vergonha e uma raiva de mim mesmo tão fortes que me deu vontade de morrer, perdi qualquer medo e saí atrás dele, foi aí que tropecei mesmo e a escopeta disparou da primeira vez. Com o cheiro de pólvora fiquei doidão, deu aquele tesão de ação. Resultado: dei dois tiros de escopeta no túnel, quase matando a Lili, que já tinha escapado miraculosamente das descargas de luz do bandido. Depois dei mais um tiro lá no terraço, errei por pouco o Centauro dele, já no ar. Mais isso foi tudo um rompante, quase um transe. Estou mesmo é ficando velho, lento. Fazendo tudo errado. Assim que entrei na sala e vi aquele massacre, devia ter ficado na porta em posição de tiro, emboscado, mandar o Tatau pra trás do sofá e o Castelo ir agachado ver atrás das cortinas.

"Mas não, fiquei pasmo, besteirão, rodando em volta dos cadáveres como peru de véspera. Depois, quando ele apareceu, eu deveria ter me jogado no chão ali mesmo, o mais próximo possível dele, já cair em posição deitada de fogo e mandar um cartuchão de chumbo quente nos peitos dele. Ao invés, pulei atrás do sofá e fiquei de bunda pra cima, cabeça pra baixo, que nem avestruz.

— Você parece que se compraz masoquistamente com essas autoagressões culposas e autodestrutivas. Você não é nem um crioulo burro nem um crioulo cagão, mas uma pessoa, um ser humano, um crioulo gente, Zé Balduíno.

— Tenho consciência disso, doutor, mas consciência intelectual. O que sinto é diferente. Sei que não sou um verme, mas me sinto um verme, uma lombriga, e aí, o que fazer?

— Chega! O negócio hoje tá meio brabo, vou trabalhar você hoje no sentido corporal, bioenergético, vamos localizar onde está a sua tensão, a couraça. Respira fundo, vai aquecendo, vamos trabalhar esse pescoço duro, a pélvis que deve estar enferrujada, soltar o diafragma. Vamos respirar fundo.

— Mas doutor, não terminei ainda de dar minhas agruras. Aconteceu isso tudo e mais o conserto da robete lá de casa ficar em setecentas milhas e aquela lacraia da Glória, minha ex-mulher, me chamou no videofone do distrito pra perguntar, toda preocupada, se eu tinha pago em dia a prestação do seguro de vida, pra se acontecer alguma coisa comigo ela receber. Mandei a Glória pra puta que pariu. Felizmente o Zeca me chamou mais tarde dizendo que nem ele nem Ramon tinham nada com isso, a ideia fora dela e que ele tinha dado o maior esporro na mãe. Antes assim. Pelo menos meus filhos estão comigo. Não aparecem, mas eu sei que estão do meu lado. Lacraia! Pensar que passei anos comendo essa mulher...

— Respirar fundo pela boca, soltar gemendo, se for o caso, deixar sair o seu som...

— Áááááááááááááááááááááá!

21

Lili apagou as luzes da cabine, sorveu até o fundo o chá de boldo e engoliu o comprimido. Agora era só esperar o sono, apagar, sair do ar por umas boas horas. Enquanto aguardava, ficou olhando pela escotilha para a lua crescente que lançava sua luz prateada sobre aqueles tufos de nuvens lá embaixo.

O Cometão seguia seu voo silencioso entre São Paulo e Rio. Um zepelim gordo movido a hélio, com alojamento para mais de mil pessoas. Um transatlântico fazendo ponte-aérea, segundo disse alguém, ela não se lembrava mais quem. Não quisera voltar de avião, nem aceitara nenhuma das múltiplas caronas de naves de colegas indo para o Rio. Decidira voltar da forma mais prosaica no grande dirigível que levava de quatro a cinco horas para chegar ao Rio mas tinha todos os confortos, as diversões e as cabines- leitos. Várias vezes Lili já voltara de Cometão acompanhada, era altamente estimulante fazer amor a três mil metros, flutuando silenciosamente no firmamento. Mas nessa noite ela veio sozinha, não aceitou a companhia de ninguém.

Quem sabe Nando? Talvez só ele e, mesmo assim, sem sexo. Estava de luto. De resguardo.

Chumaço de algodão, flutuando sobre terra escura, semeada de luzinhas, sono de chumbo, céu de chumbo, arranha-céus, horizonte, nuvens de fumaça. Vi se dissolvendo em nuvens de fumaça. Vi no chão, boneco quebrado, um objeto inútil, parece Pinóquio quando de madeira de lei. Nando. Tua presença telepática. Tua presença interferindo, salvando. Luc dedilhando um solo de Solar Fussions na fumaça do crematório, de pau duro, Lavínia rouca e louca urrando para o céu feito uma cadela no cio.

Tire a mão de mim, dr. Grudeson, acho que o senhor é que é o maníaco da pistola "L", não acha, Ema? Responde se acha ou não, sua bichona telemática. Baldu, Baldu, onde você está, deve estar péssimo, péssimo. E eu estou péssima também. Ah. Vi, a gente não devia ter saído correndo atrás dele. Um *take* desfocado pela sua vida. Nando, preciso de você. Não pedi demissão não, Betinha, por quê? Quer minha vaga?

E agora ele está entrando na cabine, gorro negro, e pistola "L", vou te matar, Lili, te cortar ao meio. Ele tem o corpo de Balduíno e o rosto do dr. Grudeson. Socorro! Socorro!

Fundo do poço, sono do nada. Dormir, morrer. Sonhar. Renascer. Reencarnar, retroceder. Ser Cordélia Silva nos anos 30, Siá Luzia no século 19, ser índia, ser fenícia. Viajar numa nau pirata, numa caravela, num zepelim da Viação Cometa.

Mas não me mate, senhor maníaco da pistola "L". Você não tem interesse nenhum em me matar. Vossa excelência precisa de mim para que o mundo saiba a sua história, não, não...

E acordou de supetão, soluçando, olhou em volta, viu a cabine escura, a lua crescente lá fora, os cúmulos rasteiros, a faixa do litoral de Ubatuba, dormiu de novo e mergulhou no sono sem sonhos, nem pesadelos, salto olímpico dum alto trampolim para o fundo da piscina azul-turquesa. Tudo mais é silêncio.

Luc ficou lá fora, olhando para a porta da cabine de Lili. Mas não ousou bater, ela fora taxativa:

— Luquinho, meu anjo, tou numa de horror, a fim de dormir sozinha, e vou tomar um sonífero. É contra meus princípios, mas hoje vou. Pra ver se passa o bode.

— Pó, Lili, te faço um agrado, uma massagem nas costas, a gente dá uma trepadinha bem gostosa, você vai ver como te limpa o astral.

— De jeito nenhum, Luc. Hoje não tou a fim...

E Luc sabia que, se ela dizia que não estava a fim, é porque não estava mesmo. Acontecia raramente e quando pintava ele tinha que respeitar. Mas estava triste, com ânsias dela. Para ele afastar a baixaria toda que fora aquela cremação só mesmo fazendo amor com alguém, e esse alguém era prioritariamente Lili Braga. Mas na impossibilidade de ser Lili...

E Luc Luciano, o saxofonista, foi vistoriar a sala de jogos, o bar, o *dancing*, a gafieira, o rock-studio e o cinevídeo para ver se encontrava alguma conhecida ou alguma interessada, as fãs muitas vezes o abordavam. Encontrou na saída da sala de projeção Mike Fontourinha e mais três rapazotes. Falaram um pouco sobre a cremação, sobre Lili, e depois Luc se desculpou e foi à luta. Ema se derreteu toda para seu lado e o acompanhante, um portuguesinho de olhos verdes, ficou enciumado, Luc tranquilizou-o com um olhar de "a minha é outra", encaminhando-se para um grupo risonho de raparigas com ar estudantil, disponível.

Já dera autógrafo para uma delas há tempos ali no próprio Cometão, quando de um show a bordo para clientela distinta, garotos e garotas douradas. Não gostou particularmente do ambiente, mas, na esfera feminina, os dividendos foram fortíssimos. Lá estava ela, de novo.

— Oi, tá me reconhecendo?

— Claro, você é a Elaine, não é?

— Que emoção, ele me reconheceu!

— Que emoção, ela me reconheceu!

— Mas você é o rei do rock-fussion sax e eu apenas uma humilde súdita, sua fã.

E por aí vai. Na verdade, a rasgação de seda durou quase uns cinco minutos, mas não vale a pena reproduzir, interessa apenas que no final já andavam abraçados, ele lhe passou a mão sobre o ombro e ela, *incontinenti*, encaixou os seus à volta da cintura dele, que a beijou de levinho nos lábios, sentindo-os suavíssimos, hospitaleiros. Luc agradeceu a boa sorte, a boa estrela que o protegia naquele dia de baixo astral. Olhou para ela. Era muito morena, olhos muito negros e muito brilhantes, tez muito cigana, um narizinho esperto e a boca... ai, a boca.

Era toda esguia, novinha, com a bundinha arrebitada, detalhe que fazia Luc se sentir mais próximo do paraíso. Mas achou que colher de chofre aquela flor e levá-la assim direto para a cama não coadunava muito com o seu charme, apesar de corresponder perfeitamente ao desejo que já se avolumava nas suas cuecas. Daí que resolveu convidá-la ao salão de jogos, uma espécie de centro nervoso do dirigível, coração de toda ansiedade, de toda magia e jogo de azar. Um amplo salão cheio de videogames, fliperamas, caça-níqueis eletrônicos, robôs desafiantes de xadrez, roletas, mesas de bridge, pôquer e bacará.

Luc e Elaine primeiro tentaram a sorte no caça-níqueis, com perdas seguidas, mas de pouca monta. Na roleta ele se recuperou, deu negro, 17, duas vezes seguidas. Sentiu o moral subir. Sorte no jogo, sorte no amor. Era sempre assim, ao contrário do mito. E no azar também era assim.

Mas Luc não quis se levar pelo triunfalismo. A roleta permitiu levantar um bom cacife para o pôquer. Estava na hora de mudar, passar da roleta com sua bolinha branca saltitante para o pano verde e o carteado. Andou até a mesa mais próxima e se sentou junto com dois senhores com pinta de executivos, ou algo que o valha, e uma senhora cheia de joias e vestida de negro parecendo uma fadista portuguesa.

— Boa noite, rapaz. Estamos jogando com um cacife de cem mil, duas rodadas de fechada, depois duas de pôquer aberto, alternando *stick* e mexicana.

Quem falou foi um senhor gordo, careca, que Luc se lembrava ter visto em São Paulo, no enterro. Ele até falara com Lili. Diretor de algum museu, uma coisa assim. Ao seu lado ia um sujeito mais jovem, robusto, saudável, devia velejar ou fazer surfe, essas coisas. Ele falava pouco e observava muito, mas quando falava era geralmente para se autocongratular.

— Novamente ganho de todos!

E depois de fazer suspense e de olhar um a um os jogadores ele abria em leque a sequência máxima com a qual acabava de esmigalhar a minhoca da fadista e a trinca de reis de Luc.

Duas vezes Luc se confrontou com aquele que o gordo do museu chamava de Stronzo, Stonzio, alguma coisa assim. Na primeira era Luc que dava as cartas, pôquer aberto, *stick*. Ele recebeu um dez aberto e uma dama de copas, fechada. Cinco cartas fechadas sobre a mesa. A fadista que dava as cartas abriu a primeira da esquerda para a direita. Uma dama de paus. Luc apostou, todos acompanharam. A carta seguinte foi um nove de copas. Luc continuou apostando, os outros também. Uma dama de ouros. Nessa altura a fadista se retirou. Um nove de espadas. Quem estava continuou apostando. Um nove de paus.

Três noves abertos na mesa. Alguém tem um pôquer de noves, pensou Luc enquanto chorava uma a uma suas três damas. O gordo museólogo saiu, ficaram apenas seu amigo Stronzo e ele, Luc.

— Mesa — disse Luc.

— Aposto uma milha.

Luc se retirou e Stronzo, ou seja lá qual era o seu nome, abriu gostosamente seu pôquer de noves com direito a meio cacife de prêmio de cada um. As fichas a sua frente cresceram e se multiplicaram. A fadista, que começara ganhando, pediu mais um cacife. As rodadas seguintes consolidaram a fortuna do vencedor, que foi levando seu monte de fichas até a rodada de fogo.

— Essa noite vou enriquecer muito à custa dos senhores. As cartas boas vêm para quem tem a vontade mais forte, é o que dizia o meu avô.

— Ele morreu de infarto numa mesa de pôquer?

Stronzo não gostou nada da piada de Luc, talvez lhe tenha passado pela cabeça a imagem do avô entrevado e imóvel morrendo lentamente numa cadeira de rodas ou algo semelhante. O fato é que fulminou Luc com um olhar que chegou a assustar o saxofonista. Deu-lhe um pouco de medo, mas, ao mesmo tempo, uma vontade imensa de ganhar e estragar a festa daquele sujeito tão convencido. Era a última partida e novamente a fadista dava as cartas, só que dessa vez o pôquer era fechado. Luc recebeu dois noves, um ás, um oito e um valete. Ficou olhando para a fadista bela e pálida. Foi invadido por uma certeza.

— Uma carta — pediu o museólogo.

— Uma — disse Stronzo.

— Duas — pediu Luc.

— Nenhuma — completou a fadista.

Luc ficou com dois noves e o ás e esperou virem as cartas. Juntou tudo sem ver e foi abrindo, devagarzinho, choradinho, o pôquer de noves que uma estranha certeza lhe antecipara. Olhou de esguelha pra Stronzo com a vingança palpitando no peito.

— Mesa — disse o museólogo.

— Um milhão — disse Stronzo.

— Seu milhão mais outro, dobro — Luc entrou de sola.

A fadista, que não pedira cartas e devia estar com uma forte sequência de mão, se retirou daquele duelo de titãs.

— Seu milhão mais dois — Stronzo dobrou.

— Pago pra ver — disse Luc, que de repente ficou temeroso da escalada, só faltava Stronzo ter um pôquer de reis ou um *straight flush*...

Stronzo pela primeira vez pareceu hesitante e depois abriu um belo *full hand* em ases, perdendo...

Luc esticou o braço e foi recolhendo a montanha de fichas sobre a mesa das apostas e prêmios, de relance cruzou novamente o olhar com Stronzo e sentiu uma chispa de ódio. Aquele homem, se pudesse, o jogaria para fora do Cometão, a três mil metros de altura.

Luc se levantou, colocou o braço em volta da cintura de Elaine, beijou-a de leve e pensou, sorte nas cartas, sorte no amor. E antes de se dirigirem à cabine ainda olhou pela grande escotilha panorâmica do corredor, a lua sarracena, as estrelas pontudas, brilhantes, e, lá embaixo, o interminável acolchoado branco de algodão que dava tanta vontade de mergulhar.

22

— Calma, calma. Cartas é isso aí. Um ganha, outro perde. Às vezes o sujeito ganha a noite toda e na tacada final se arruína, já vi isso acontecer em tudo quanto é jogo. Fique frio, companheiro. Às vezes a gente perde.

— Ora, Próton, você sempre pachorrento, bovino, acomodado. Não ganha nem perde, fica em casa. Aprendeu a engolir sapos. Mas eu não. Eu fico puto, com vontade de cortar a jugular daquele merdinha, com aqueles bigodinhos trançados e com aquela cadelinha imunda sentada no ombro como uma papagaia. Ia dando aqueles risinhos sempre que ele ganhava. Ai que vontade de esganar os dois! Foi tudo por causa daquela brancona, aquela harpia que deu as cartas. Uma feiticeira, me deu um pôquer de noves e depois outro a ele. Ele soube aproveitar melhor; pegou uma mão alta. E na última. Se a gente tivesse jogado mais duas eu recuperava aquilo tudo, na moral, mas não, ele medrou, se encagaçou, ficou com medo de mim, fugiu com a lambisgoia. Queria era cruzar com ele no corredor, ia se cagar de medo!

— Que saco! Esquece! Se der certo o nosso negócio, você vai ganhar dez vezes o que perdeu aqui hoje. Seu problema é que você remói muito, fica ruminando prego enferrujado. Volta e meia fica assim nervoso. Eu não, eu vou me governando, me dando bem e me preservando, tou com 55 e quero mais vinte, pelo menos pra me dar bem. Sempre vou saber me acomodar, porque sei do grande segredo: ninguém presta, e, já que não prestamos, vamos todos nos locupletar. Todos não, ficam de fora os milhões de otários, mas esses não têm jeito, estou falando em termos nossos, da elite.

— E você não faz nada pela elite, nada pra nos soerguer, nos afirmar, nada pra limpar, pra depurar toda essa escrotidão. O reflexo desse seu estado de espírito é o lento, porém seguro declínio da organização. Seu imobilismo, sua covardia.

— Um momento... um momento. Se você pretende converter essa nossa viagem em mais uma discussão chata e novamente tentar colocar em causa a linha já definida e aplicada, a linha justa, então não temos mais aqui o que discutir. Eu já lavei as minhas mãos e agora está com o Conselho de Elétrons. Você sabe, não tenho nada contra você, me considero seu amigo, sempre achei você um dos nossos homens mais valorosos, determinados. Mas não estou disposto a ouvir mais questionamentos da linha definida no Congresso de Itaorna. Optamos por defender o nosso acervo, ampliar negócios e fortalecer o hobby com uma política de alianças inteligentes. Ir se infiltrando, mas você fica nostálgico, pensando numa era que já acabou. Os vinte anos da gente não voltam!

— Você tem razão, não tem mais sentido discutirmos. Você perdeu a chama, não é mais aquele, Próton.

— Agora silêncio, estou baixando o centralismo. Estamos a três minutos do ponto de encontro com o homem do Exército Secreto Armênio. Não diga nada, quem fala sou eu. Eu negocio.

E foram caminhando pelo corredor os dois senhores executivos e se sentaram na cafeteria da cauda do grande dirigível. A menor e mais discreta. Alguns casais, um ou dois bêbados, três robetes e o maître automático. Um caixa e uma garçonete humana. Mesas transparentes de acrílico, tamboretes da mesma linha. Incômodos, segundo o homem mais gordo dizia ao parrudão.

Na mesinha junto à janela da cauda, a mais afastada, estava sentado o armênio. Terno escuro, gravata, anéis e pulseiras de ouro e prata, um homem jovem, atraente, tez morena e nariz adunco, olhos negros ardentes e uma farta cabeleira negra com fios de prata. Cumprimentou Próton friamente e passou a falar em inglês, com sotaque oxfordiano.

— *Did you bring it, dr. Pro Nog?*

— *Sure I have, my dearest friend. My assistant has it. Let me introduce you to mister... Stone, let's say so.*

— *Good evening, Mr. Stone!*

— Boa noite, seu comuna. Aqui está o material. É uma amostra de 250 gramas de plutônio-239.

— *What's he saying?*

— *In this small plum box you have my free offer for yourself and for your heroic cause. Two hundred and fifty grams of the purest plutonium-239.*

— *We sure need that, doctor Pro Nog. You've heard the news about our latest attack, I suppose?*

— *Sure, sure.*

— Claro que sim, grande golpe aquele, em Istambul. Pena que teve tantas vítimas civis, não é? — acabou dizendo Próton Nogueira, no seu inglês esforçado.

O armênio foi fulminante:

— E o senhor sabe quantos dos nossos foram mortos nos últimos duzentos anos? Sabe há quantos anos nossa pátria está destruída, humilhada? Mas agora chegou a hora da ressurreição, brevemente teremos a arma absoluta. Nós entregaremos as ogivas de caminhão, uma a uma. Com mil homens dispostos ao sacrifício!

Curioso, Próton ainda perguntou se eles já estavam capacitados a produzir artefatos, e o armênio garantiu que sim.

— *You will hear from us, Doctor Pro Nog.*

"O senhor ainda vai ouvir falar na gente". Disso não tenho dúvidas, pensou Próton com seus botões, e ainda rematou, mentalmente: "espero é que você não ouça mais falar de mim".

O armênio estendeu a mala executiva que mantivera entre os pés, debaixo da mesa.

— Estou lhe adiantando os dólares, são cinquenta mil em notas de cem. A primeira parcela. Fica entendido que o carregamento segue pela mala diplomática, já referida, e estará em Dubai no dia vinte.

— *Of course, my boy, of course* — garantia Próton, enquanto o outro, cujo nome agora não era Stronzo como entendera Luc, mas Mr. Stone, recolhia a pasta, os olhos furiosos postos no chefe.

Afastaram-se deixando o homem do Exército Secreto Armênio com seus sonhos de vitória e se viram novamente no corredor. Mais uma vez discutindo.

—... me sinto envergonhado, viramos comerciantes, sem nenhuma coerência ideológica, vendendo plutônio até pra esses armênios comunistas. Isso não está no ideário dos Filhos de Plúton!

— Você é um jovem turco, pra ficarmos no contexto. Um jovem turco. Passou dos quarenta e ainda não entendeu!

— Justamente, Próton, justamente. Depois dos quarenta a gente olha pra trás e vê que ainda não aconteceu, que ainda não se realizou como lutador, como guerreiro. Ainda não fez a limpa que devia ter feito. O escarcéu, o estrago. Porra, Próton, eu acredito na doutrina do atomismo, temos que renuclearizar o país, reabilitar a fissão. Acabar com essa radiofobia desse governo de merda. Chega! Quase vinte anos de social-democracia e nos últimos anos junto com essa escumalha verde. A desonra nacional, o abandono da ambição de superpotência! Você não liga mais. Esqueceu.

— Estrôncio, você é um chato. Boa noite.

Próton tomou-lhe a pasta e foi para seu camarote descansar. Mr. Stone ficou ruminando seu mau humor. Depois teve uma inspiração. Foi até o camarote e abriu a mochila sobre a cama, tirou um macacão, um gorro e um par de coturnos, trocou de roupa, colocou todos os pertences de volta na mochila; depois abriu o armário, tirou dois volumes. Um comprido e longo, quase do seu tamanho, e outro parecendo uma almofada. Dirigiu-se ao terraço inferior, um balcão envidraçado que dava a volta ao zepelim. Perto da cauda, consultou o terminal junto à escotilha. Luz verde, salto autorizado. A localização pelo radar é boa: voando sobre o mar a cinco quilômetros da Ilha Grande. Dali será fácil voar até o Museu. Examinou ainda, atentamente, os dados de velocidade dos ventos, direção, bússola, altímetro e introduziu na ranhura indicada seu cartão magnético e seu brevê de para-asa. Ouviu um bip, retirou o cartão e acompanhou um indicador de contagem regressiva com os algarismos grandes na tela: 5, 4, 3, 2, 1, JÁ...

A escotilha se abriu automaticamente, ele firmou as mãos nas bordas e se projetou.

Se alguém estivesse observando, o que não era o caso – a maioria dos passageiros do Cometão já dormia –, teria visto um corpo cair em queda livre até sumir entre tufos de nuvens, lá embaixo. Imaginaria, talvez, um suicídio. Apesar das precauções, já houvera casos no Cometão. Mas, no meio das nuvens, e nem um pouco assustado, ele puxa a cavilha, abre o paraquedas pequeno e depois a outra cavilha, a do pacotão comprido. Uma série de cliques entre os ventos uivantes e ele plana suavemente com a sua asa. O paraquedas solta-se, e parece subir em direção ao espaço. Agora ele aciona um botão no cinto, ligando a pequena turbina presa à asa. Coloca-a em percurso de cruzeiro e segue em frente à velocidade de uns duzentos quilômetros por hora.

O céu está ficando púrpura, não há nuvens, as estrelas sumiram na claridade, só uma ou outra mais forte permanece. Lá embaixo o mar e o litoral, o verde da Serra do Mar, as baías e ilhas tão bem conhecidas.

A bordo do Cometão, a escotilha já se fechou de novo automaticamente. Na tela do terminal, agora, aparece o rastreamento pelo radar do salto. Em muitos casos aqueles para-asas que saltavam do Cometão se faziam monitorar por alguém, mas ele saltara sozinho. Se alguém estivesse observando aquela telinha, veria o ponto brilhante tomar o rumo Sul, acompanhar durante algumas dezenas de quilômetros o litoral e depois se perder sobre o mar, não longe da praia.

FILHO DE PLÚTON

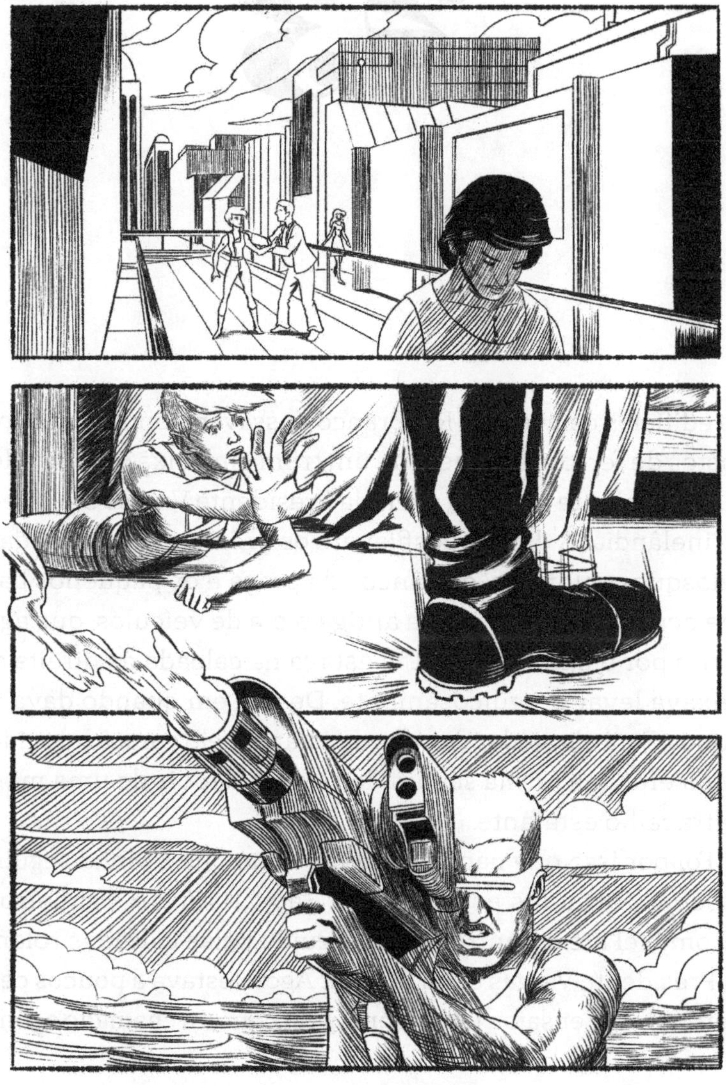

23

Os edifícios da avenida Rio Branco passavam lentamente como postes de ferrovia à janela de um trem em baixa velocidade. A calçada rolante subia da avenida Presidente Vargas em direção à Cinelândia. À direita desfilavam os prédios, e à esquerda, os quiosques coloridos, os bancos da praça e os pequenos bares que ocupavam o espaço da antiga pista de veículos, que agora corria por baixo da terra. Lili estava na calçada da direita e se deixava levar preguiçosamente. De vez em quando dava uns passos. Para ela, andar de calçada rolante pelo coração da cidade velha era uma forma segura de relaxar depois de uma manhã de trabalho estafante.

Foi por isso que não percebeu o vulto que a vinha seguindo desde a porta dos estúdios, em São Cristóvão, primeiro no aeromóvel até a Central, e em seguida pelas calçadas rolantes da Presidente Vargas e Rio Branco. Agora estava a poucos centímetros dela e ensaiou uma abordagem com um chamado agônico, sufocado:

— Ei, *señorita*! *Por amor de Dios, me ayude*!

O homem que a acompanhara desde São Cristóvão e agora a interpelava depois de se certificar de que não estava sendo seguida não era outro senão o foragido moteleiro. Lili já vira Pepe Moscoso algumas vezes antes, e o entrevistara no dia do crime do Olympus, mas mesmo assim levou um bom susto antes de perceber que ele vinha suplicante, apavorado.

— *Mi vida corre gran peligro. Soy el proximo de la lista...*

— Ora, seu Pepe, não me enche o saco! Cê me deu um bruta susto! Que quer que eu faça? — E, *incontinenti*, o crivou de perguntas: — Por onde você andava? Por que está foragido? Que ligação você tem com o assassino?

— *Estoy dispuesto a abrir todo lo que sé, señorita. Pero, primero con ustedes. La policia, después...*

Aos poucos Lili se refez, tomou pé na situação e se deu conta da importância daquele encontro providencial. Pepe estava disposto a contar tudo o que sabia! O homem que a polícia procurava freneticamente há vários dias estava em suas mãos, exclusivo.

— *Tengo todo. Un disk con las imagenes del crimen ese. Del hombre de la pistola laser y del siliconpênis...*

— Como? Silicon... quê?

— *El asesino. El hombre que ahora me quiere matar como mató al Morgadito. Yo estaba ali, recién salindo de la mansión. Tuve una suerte de la gran puta. Mas tres minutos y el general siliconpênis me cagava de plomo, o mejor, de rayitos de luz.*

— Quem? Quem?

Lili, impaciente, sacudia Pepe pela manga do casaco, no meio da calçada rolante, chamando a atenção dos transeuntes. Mas ele não sabia o nome. Apenas achava que doutor Naguib conhecia o Siliconpênis. Ela que perguntasse ao andrologista, daria o grande furo. Não sabia o nome, pois apenas cruzara com ele uma vez no consultório de Naguib e se lembra da secretária deste ter chamado o desconhecido de "senhor general".

Chegaram à Cinelândia e lá trocaram de calçada tomando a que descia de volta à Candelária. Pepe agora estava mais calmo, até arriscou uns galanteios. A moça recolheu suas farpas, ficou menos agressiva e devagarzinho foi puxando as informações, a história do VD, até explodir de novo quando Pepe, candidamente, confessou a existência das câmeras nas suítes, o seu voyeurismo. Ela frequentava o Olympus de vez em quando, e não gostou nada de saber das indiscretas pupilas infravermelhas.

Pepe engoliu a descompostura da moça, sem reagir. Preferia se expor àquela humilhação e a todo prejuízo que a revelação acarretaria, contanto que ficasse na berlinda e protegido contra aquele psicopata que em três segundos liquidara seu poderoso amigo e protetor Baby Morgado e toda a quadrilha.

— *Lo que hacemos primero, vamos buscar Balduíno o usted quer dar una mirada nel disk?*

— Vamos ver o disquete, tirar cópias, guardar em local seguro. Depois vou completar a reportagem falando com Naguib. Aí ponho no ar, no noticiário das oito da noite. Logo que chegarmos à redação aviso Balduíno, senão ele vai ficar muito aborrecido. Ele deve mandar te buscar.

Na altura da Candelária, saíram da calçada para as escadarias e fizeram a baldeação para a calçada da Presidente Vargas, mais larga e lenta. Em dez minutos já estavam na Estação Central, onde tomaram o aeromóvel colorido que os levou rápida e silenciosamente até São Cristóvão. Foram conversando amenidades e Lili já ria das piadas de Pepe, todo solícito e simpático. Chegaram à redação e seguiram direto para a sala de Mike Fontourinha.

— Ema, tenho um furo, um puta furo! Esse aí é o Pepe Moscoso, dono do Olympus Aerotel. O homem que o Zé Balduíno e toda a

Polícia Metropolitana procuram feito loucos há vários dias. Ele tem um microdisquete com a cena do crime, a polícia ainda não sabe de nada.

Sôfrego, o editor pegou o VD que o moteleiro sacou do bolso do seu casaco de pele de onça sintética, e o colocou na ranhura do seu terminal telemático. Dedilhou teclas fazendo aparecer na tela a imagem avermelhada do casal entrando na suíte 303. E assistiram, os três silenciosos e fascinados, ao estranho ritual do assassino bombeando o testículo direito para levantar a verga, o ato de sodomia, a inversão de papéis e, finalmente, o crime. Tudo em menos de quinze minutos.

— Vou ter problemas, mas vou botar isso no ar. Nem que tenha que pagar um bi de multa no Conselho de Mídia.

Ema ficou excitado, quase frenético. Antes da morte de Vi, já estava empenhado ao máximo no caso do maníaco da pistola "L". Com a perda brutal do fotógrafo e especial amigo, aquilo virou uma obsessão. Fazia 72 horas que não dormia direito.

— Lili, localize imediatamente o dr. Naguib, vamos identificar logo esse filho da puta!

Voltou o VD até o ponto que aparecia de forma mais nítida o rosto e apertou o print. Logo tinha na mão várias fotos coloridas do assassino.

— Pepe, é melhor você ficar aqui. Está mais protegido. A Metropolitana já botou uma equipe para proteger os estúdios. Vou chamar agora mesmo o inspetor Balduíno.

Ligou para a Metropolitana e o localizou rapidamente.

— Inspetor, aqui é o Michel Fontoura da TV-3 Notícias, o editor da Lili. Ela teve que sair urgente para uma reportagem e pediu-me para falar com você. Temos uma bomba, uma autêntica bomba. Está aqui ao meu lado o Pepe Moscoso, dono do Olympus Aerotel. Quer se entregar e pede garantias de vida. Já vou adiantando que ele não conhece a identidade do assassino, mas tem um VD com toda a cena do crime. Para adiantar mais ainda o seu expediente, vou mandar agora mesmo para a sua impressora o melhor close que tiramos dele. Veja quanta colher de chá, inspetor.

O semblante de Balduíno, na tela, parecia algo desanimado, era como se não atinasse com a enormidade da descoberta.

— Está bem... Mande aí. Obrigado, Mike, muito obrigado. Mas diga uma coisa, a que horas você pretende botar no ar?

— Às oito, no grande noticiário da noite. Já estou editando as chamadas...

— Mike, será que você não poderia esperar umas 24 horas? É que está havendo um tremendo rolo, o chefe de polícia quer a minha cabeça, o governador tá puto da vida, o Ministério da Defesa fazendo a maior pressão...

— Desculpe, Balduíno, mas não posso perder um furo desses.

— Tá bem, Mike. Faça como quiser, o máximo que pode ocorrer é eu ser demitido e vocês perderem uma boa fonte.

— Me perdoe, Balduíno, mas faz dez anos que não conseguimos dar uma bomba assim!

— Tudo bem. Esquece meu pedido. Agora cuidado porque o cara tá solto e ainda não foi identificado. Depois do que aconteceu com o bando de Morgado e com o seu fotógrafo Vi Almeida, é bom você botar as barbas de molho...

— Pode deixar, Balduíno, sei cuidar de mim mesmo. Outra coisa, o Pepe diz ter ouvido a secretária de Naguib Carvalho chamar o homem de general, veja você.

— General?

— Isso aí. Boa sorte, Zé Balduíno.

E Mike Fontourinha sumiu do vídeo dando lugar a umas letras que diziam: "preparar recepção telefoto". Surgiu então aquele rosto róseo, semblante talhado em pedra, carnudo, sobrancelhas grossas, olhos cinzentos, nariz reto e grosso, cabelos prateados, queixo quadrado, audaz. Lembrava bastante Jean Gabin na meia-idade. Balduíno teclou *print*, e em alguns segundos tinha na mão cinco ampliações com a cara do facínora. Do Siliconpênis, conforme Mike o batizara aproveitando o apelido dado por Pepe Moscoso.

Muito agitado, Balduíno ligou para o coronel Amauri Praxedes. Não o encontrando, falou com o seu ajudante de ordens, o major Heitor Aquiles.

— Major, estou lhe enviando a telefoto do assassino da pistola "L", que acabamos de conseguir. Segundo certos rumores não confirmados, tratar-se-ia de um general. Faça-me a gentileza de checar, por obséquio. E diga ao Praxedes para entrar em contato comigo logo que voltar aí ao Ministério.

Chamou em seguida o seu desafeto, o dr. Plutarco Vaz, diretor-geral da Polícia Metropolitana.

— Aí está, dr. Plutarco, a foto do assassino, aparentemente um militar. Estou mandando meus homens recolher Pepe Moscoso, que está na redação da TV-3 Notícias. Ainda não temos a identidade dele, mas não deve tardar. A bomba vai estourar no noticiário das oito, o que nos deixa algumas horas para agir...

— Incompetente! Me explique como diabos a imprensa chegou antes de nós ao Pepe Moscoso?

— Dr. Plutarco, não foi a imprensa que chegou ao Pepe, foi o Pepe que chegou à imprensa. Ele abordou a repórter Lili Braga na rua, na calçada rolante da Rio Branco.

— Isso explica, mas não justifica sua imperícia. Fomos desmoralizados pela imprensa mais uma vez!

— Olhe, chefe, pode ser que sim. Mas uma coisa lhe garanto, não vai ser a imprensa que vai prender o homem. Seremos nós.

— Espero que sim. Inspetor Balduíno, espero sinceramente que sim, senão você não vai nunca mais prender ninguém. Tou com sua demissão em cima da mesa.

— Me dê 24 horas. Depois faça o que quiser.

E Balduíno desligou o videofone sem aguardar a réplica.

— Seu grande filho da puta — treplicou em viva voz, chamando a atenção dos colegas do gabinete contíguo.

Aí tomou um cafezinho e começou a rastrear a foto do Siliconpênis na MCC, a memória central da Polícia Metropolitana, no Banco de Identificação Fisionômica. Surgiram umas trinta imagens de indivíduos com traços semelhantes, mas um a um foram sendo descartados. Não, o assassino da pistola "L" não era fichado.

Depois chamou o hospital e pediu notícias de Tatau Padilha. Ele estava se recuperando razoavelmente, ansioso para voltar. Já pusera o gancho provisório e dentro de duas semanas os médicos iriam colocar a mão artificial. O reimplante não fora possível por causa das queimaduras. E Balduíno, melancolicamente, ficou se lembrando de Tatau jogando vôlei na quadra do distrito, cortando na diagonal, e sentiu muita pena e culpa. "Tantas maldades fiz com aquele rapaz. Ah, se eu tivesse tido reflexos mais rápidos, me jogando no chão, estourado ele com a calibre .12."

E sentiu cansaço, solidão. Pensou em ir buscar Naguib pessoalmente só para encontrar Lili, mas chega à conclusão de que deve ficar ali plantado, esperando. Mandou Jarbas com uma escolta recolher Pepe Moscoso, e Castelo, com dois outros homens, buscar o dr. Naguib Carvalho para novo interrogatório. Agora com a foto, a identificação sai em questão de horas, ou, quem sabe, em minutos. Balduíno recuou a cadeira, apoiou os pés na mesa, boceja, tomou outro gole de café e colocou novamente a imagem do Siliconpênis na sua tela. Fixou detidamente os olhos cinzentos e frios do homem que deverá caçar. Sente que também aqueles olhos conhecem a pulsão quase alegre de matar e morrer.

24

Do lado de fora o nevoeiro é intenso, mas na tela de radar tudo é conhecido como a palma da mão.

Olhos cinzentos atentos à representação eletrônica de todo aquele território invisível que o Centauro sobrevoa. No radar, a Restinga de Marambaia, comprida faixa de areia branca, tem um tom verde brilhante. O mar é amarelo, as pequenas cidades do litoral vermelhas e os morros cinzentos. Sobre Santa Cruz aparece o traçado da serra e, mais adiante, a Cidade Nova.

Siliconpênis, o maníaco da pistola "L", está atento ao radar de bordo enquanto seu pensamento traça planos minuciosos, precisos, urgentes: "São quinze minutos até a Cidade Nova, mais dez até o heliporto do Jockey, meia hora para alugar o auto, subir até lá, liquidar a fatura e voltar. Depois, nova decolagem, contra-chequeio aéreo e, às 9h55, estou de volta à base tomando meu plúton nos canos e curtindo a nova vitória.

"Filhos da puta. A essa hora já descobriram tudo. Já têm a minha foto, já me reconheceram, esses falsos generais da sinarquia.

Devem estar descobrindo agora, nesse mesmo instante. É como se eu estivesse vendo a cena. Lá estão eles no Estado-Maior, o Prates, o Alvarado, o Praxedes e seu cachorrinho Heitor Aquiles. Estão examinando a foto. O general Carlos Prudêncio Prates pula na cadeira:

"'Cachorro! Cafajeste! Então é ele! Estrôncio.'

"E o Praxedes confirma:

"'É ele mesmo, general, é major Estrôncio Luz, esse pervertido.'

"'Ah, o patife. Eu sabia que ele estava nos traindo, conspirando, desde que o passamos pra reserva depois do escândalo com aquele pequeno caporal.'

"'O miserável... Mas como conseguiu aquela arma? Que falha terrível no nosso esquema de segurança, coronel Praxedes!'

"'É, meu general, ele nos pegou desprevenidos. Isso pode prejudicar muito o Exército, depois de todos esses anos em paz e nos quartéis, agora que somos respeitados, queridos. E vem esse major Estrôncio sujar o bom nome da corporação. O 'general' Estrôncio Luz...'

"'Coronel Praxedes, esse homem foi expurgado das nossas fileiras antes do ano 2000, bem antes. Nas rodas sociais fanfarroneia que é general, general de duas estrelas. É o que seria hoje. Muita gente acredita. Já foi punido algumas vezes, depois aqueles civis do Ministério resolveram contemporizar. Disseram que não passava de um problema de saúde pedindo uma terapia, foi considerado apenas um excêntrico!'

"'É, me lembro. Mas os senhores não estão avaliando o lado mais perigoso da coisa, não é apenas um oficial da reserva, é o chefe da segurança do Museu Nuclear de Angra dos Reis e dos silos de Itaorna. Tá metido com aquela organização que os nossos serviços andam vigiando há tempos, os Filhos de Plúton.'

"'Subversivos! Subversivos e corruptos!'. E o pulha do Prates salta na cadeira."

E Estrôncio Luz vai compondo na sua mente todo aquele diálogo imaginário dos pusilânimes, dos falsos, dos traidores da Pátria: "Têm inveja de mim. Inveja porque sou melhor do que eles todos. Tenho a pontaria, o reflexo, a superior capacidade de planejamento, de comando. Sou um supercombatente!

"Eles são uns pobres burocratas cagões e vendidos. Eu topo qualquer parada, enfrento qualquer um, limpo a cidade dessa corja conformista, esmigalho a viadagem escrota, sebenta, de cus oleosos.

"Praxedes, seu padreco impotente, você acha que vai me pegar? E você, Balduíno, podia ter te matado, seu crioulo xexelento, você acha que pode comigo? E não imagina por que não te matei, por ora. Nunca vai imaginar a razão. Ah, quando souber... Abusado, acertou uns chumbos na fuselagem da minha nave, me fez queimar aquele garoto da TV, me deixou meio desgostoso, não queria fazer aquilo. Mas o Morgado, ah, o Morgado, eu quase me esporrei de gozo com aquele 'vlapt' debaixo dos queixos dele, e aquela cabeça quicando no chão e eu bicando ela e marcando gol entre as cadeiras.

"Ninguém pode comigo, seus frouxos!

"Eu tenho a melhor arma e o melhor peru. Fica duro uma semana inteira se precisar. Como cem vezes mais cus e bocetas que todos vocês. É só bombear e ser macho, arrombar vinte, trinta de enfiada. Fazer razias nos *rendez-vous* como aquele lá nas Filipinas. Babacas, todos vocês. Pensam que fiz operação porque estava brochando. Muitos me gozavam, murmuravam às minhas costas com seus risinhos viadescos. Não é verdade, aqui no âmago da minha consciência eu sei que nunca brochei na vida. Jamais! A operação foi pra prevenir, não pra remediar. Pra ficar ainda mais macho. Comigo é prontidão eterna, fiel estaca.

"E também esses idiotas da organização que fizeram de mim um virtual dissidente. Dissidente dos Filhos de Plúton! Esses traidores do último bolsão. Estão traindo, estão usando aquele acervo todo, toda a grande herança do atomismo, as primeiras e únicas usinas nucleares brasileiras, sem um projeto grandioso, sem um ideal supremo, por puro fisiologismo, uns comerciantes. Traficantes de plutônio, só querem ficar ricos, não lhes interessa o poder. Não lutam para implantar a atomocracia, se recusam a investir na construção de um artefato, uns pulhas. Suspeitam de mim, o elétron do meu núcleo já me avisou que um delegado do núcleo central quer me interrogar, descobriram que tenho uma arma "L" igual às do Exército, suspeitam que ando limpando por conta própria. Mas vou continuar limpando mais e mais. E você será o próximo, dr. Naguib Carvalho, vamos acertar umas velhas contas. Taí o sinal do heliporto do Jockey. Pouso automático por instrumentos. *Stand by*. Não vou te degolar, não, Naguib, vou só fazer um furo no teu coração. Um furinho."

25

"Olhos de matador", pensa Balduíno. "Se bobear um pouquinho ele acaba comigo." E ficou mais uns segundos olhando para a imagem na tela. Aí tocou o *bip* e surgiu ao videofone a cara eclesial do coronel Amauri Praxedes.

— Inspetor Balduíno, depois do primeiro-ministro, do ministro da Defesa, do governador, do juiz de instrução e do dr. Plutarco Vaz, o senhor é a sexta pessoa do público externo a saber. Conto com sua absoluta discrição. Identificamos o tal homem. Bateu no nosso arquivo. Trata-se de um civil. Já foi militar, só que passou pra reserva, ainda no século passado.

— Não se constranja, coronel, há maus elementos em todos os segmentos.

— Bem, aí vai: o nome é Estrôncio Luz. Foi major. Atualmente presta serviços a uma firma que se encarrega da segurança do Museu Nuclear de Angra dos Reis. Andamos de olho nele há tempos, está ligado àquela turma do "último bolsão", faz parte dos Filhos de Plúton. Um grupo de inconformados com os rumos da política energética nacional e que ultimamente anda se dedicando mais ao tráfico de lixo radioativo. Uma história enrolada. Há tempos quisemos apurar, mas não era da nossa alçada. A polícia não se interessou.

— Vou a Angra prender esse bandido hoje à noite mesmo. Pode deixar, coronel, muito obrigado e meus cumprimentos ao general Prates. Por favor, mande-me uma equipe dos seus homens com armas "L" pra reforçar meu pessoal. Chega de brincadeiras.

— Balduíno, só com autorização expressa do ministro da Defesa e com mandado do juiz de instrução, você sabe.

— Tudo bem, Praxedes, vou me comunicar agora mesmo com o dr. Paulo Wolf. Não vai objetar, ele próprio pediu o máximo esforço para deter o maníaco. Quanto ao ministro, ele lhe deu carta branca, não foi?

— Claro, claro, mas vamos respeitar certas formalidades, inspetor Balduíno.

E Balduíno aciona o *bip* de alerta. Em menos de meia hora estão todos ali no seu gabinete, os oito homens da Metropolitana que vão participar da diligência, armados até os dentes. Logo chegam também cinco oficiais e suboficiais enviados pelo Ministério da Defesa, dois deles portando pistolas "L". No meio daquela confusão toda chega também Pepe Moscoso, sem que Balduíno lhe dê a menor atenção. Há pouco mais de duas horas Pepe era a testemunha-chave do caso, o fio da meada capaz de levar ao maníaco da pistola "L". Os homens de Balduíno caçavam-no por toda parte. Agora, é como o jornal de anteontem, como um fósforo queimado. E a vingança de Balduíno pelo trabalho que Pepe lhe deu, sonegando informações valiosas que poderiam ter mudado o curso das investigações e poupando muitos dissabores, é a olímpica indiferença.

Pepe insiste em obter garantias de vida, prestar depoimento completo, esclarecer tudo, Balduíno lhe dá um bem nutrido chá-de-cadeira e manda um detetive lhe oferecer um calmante. Ofendido, Pepe Moscoso vê passar o inspetor, que sequer lhe dirige a palavra, seguido de uma dúzia de homens armados. Sobem as escadas para o terraço, onde esquentam os motores três naves da Polícia Metropolitana. Estão excitados, decididos, mas ansiosos, com aquele ar de caçadores de caçador.

26

Já no saguão do edifício ela percebeu que algo estava errado. Não encontrou o porteiro, viu o portão escancarado. Tomou o elevador até o vigésimo segundo andar e deu com a porta do 2201 aberta. No lugar da maçaneta, um buraco fumegante. Levou ao olho a pequena câmera portátil e começou a filmar os indícios da passagem dele pelo local, entrou na sala esperando o pior e encontrou a esposa e a filha do dr. Naguib Carvalho em prantos debruçadas sobre o corpo do andrologista, o peito atravessado por um raio de luz. Se aproximava dos três quando ouviu a voz do outro lado da sala:

— Você está cinco minutos atrasada, senhorita Lili Braga.

Lá estava ele, sem sombra de dúvida: aquele rosto carnudo parecendo Jean Gabin quarentão, um porte atlético, macacão de desportista verde-oliva com listras amarelas, sapatilhas de dançarino, uma pistola "L" na mão e um olhar cinzento, capaz de tudo.

— Estava lhe esperando. Você vem comigo, garota, vai fazer a maior reportagem da sua vida.

As duas mulheres soluçavam sobre o corpo do marido e do pai, e de tão apavoradas sequer levantaram o olhar para ver a recém-chegada. Lili teve um momento de hesitação, mas o assassino da pistola "L" deu as ordens numa voz que não admitia dúvidas.

— Não vou falar de novo. Você vem comigo. Não fique com medo, se obedecer direitinho, não terá nada a temer. Vamos lá...

Lili assentiu e obedeceu, que remédio? Desceram calmamente pelo elevador, que ficara parado no 22, cruzaram sem pressa o saguão do edifício – Lili continuou sem saber onde andava o porteiro, mas podia imaginar –, e chegaram até o carro da reportagem, estacionado do outro lado da rua. Uma coronhada interrompeu a expressão de surpresa de Zenon, o piloto-motorista, que Estrôncio retirou do volante e jogou na calçada como se fosse um saco de batatas. Fez Lili assumir a direção e tocar para o heliporto do Jockey.

— Vamos fazer uma viagem, menina, você vai conhecer o que nenhum jornalista viu até hoje.

Silenciosa, Lili limitou-se a obedecer e a tentar concatenar as ideias. O maníaco pretendia sequestrá-la e levá-la a um local desconhecido. Não tinha, aparentemente, a intenção de matá-la, do contrário já o teria feito. Em poucas pinceladas ela coloriu sua personalidade. Um psicopata tirânico e megalômano, com surtos violentos de cólera, mas ao mesmo tempo frio e controladíssimo como cabe a um homem de ação. Uma vaidade à flor da pele, transbordante em cada gesto e pedindo apenas para ser cultivada, adulada. Esse era seu ponto fraco, esse era o caminho a ser trilhado. E Lili sentiu-se muito calma. Passou a ter mais medo por Balduíno do que por ela própria.

— Bem, posso até dizer que estou satisfeita por tê-lo encontrado, finalmente. Vai ser o grande furo da minha carreira, não é todo dia que pinta uma reportagem dessas. Pode ficar tranquilo que não vou reagir, estou interessada em entrevistá-lo. A essas alturas o senhor deve estar identificado, portanto já pode me dizer o seu nome.

— Sou o general Estrôncio Luz — respondeu ele, muito satisfeito.

27

A enseada era uma mancha escura na noite de lua nova. Mas se viam os morros à volta recortados contra o céu salpicado de estrelas. Junto à praia muitas luzes amarelas e brancas e as construções imponentes das duas antigas usinas desativadas, hoje transformadas em museu.

Paulo Wolf se aproximou do portão principal, atrás dele vinham duas dezenas de homens da Guarda Municipal de Angra e cinco técnicos da Divisão de Controle de Radiações da Saúde Pública. O juiz de instrução ia supervisionar pessoalmente a execução do mandado de busca que ele próprio emitira.

Assim que soube da identidade do assassino da pistola "L", Paulo Wolf decidiu aproveitar a caçada humana para realizar uma investigação muito mais abrangente a respeito do que ocorria ali naquele museu. Durante a viagem de automóvel da cidade de Angra à Praia de Itaorna ele ia concatenando as ideias.

"Há tempos que eu queria acertar umas contas com Próton Nogueira e os Filhos de Plúton, esse pseudocírculo científico.

Mercadores de lixo radioativo. Todo mundo sabe há bastante tempo e até hoje não foi possível se fazer nada. Depois do problema com os filipinos, houve algumas demissões no escalão inferior, processos, mas não foi possível condenar ninguém. Falta de provas. E continuaram a vender plutônio e praticar rituais estranhos com drogas pesadas.

"Desde que foi criado, o museu virou uma gigantesca repartição pública de corrupção crônica e insanável. Mas agora abriram o flanco feio, e vou metê-los no xilindró. A todos.

"Esse bandido, Estrôncio Luz, inaugurou um novo tipo de criminalidade que ainda não existia no país: há nessa história um potencial genocida que não pode ser subestimado. Deus sabe o que pode acontecer se não conseguirmos prendê-lo rápido.

"No combate ao crime é difícil a gente manter o equilíbrio. Veja só. Sou um cara que acredito piamente na prisão sem muros, nas comunidades agroterapêuticas, no trabalho espiritual, criativo e de meditação com os delinquentes para recuperá-los, até tenho conseguido algum resultado, mas, de repente, me vejo aqui no meio de uma guerra. De um lado, o meu amigo Balduíno com aquela alcateia da Metropolitana e uns supercomandos boinas-negras que o Ministério destacou, e do outro, esse estranho psicopata.

"E o pior de tudo é que no íntimo estou torcendo para que eles liquidem logo o filho da puta desse sádico. Pra eu não ter o desagrado e o baixo astral de ver a cara dele na instrução. Mas meu dever de juiz é zelar para que ele seja capturado ileso e submetido a julgamento ou a tratamento psiquiátrico. Mandá-lo pro manicômio terapêutico com sua pica de silicone."

Paulo Wolf se aproximou da guarita do complexo nuclear de Angra 1 e 2, se identificou e deu a voz de alto:

— Guarda, acione o toque de reunir e chame imediatamente o diretor do Museu, o dr. Próton Nogueira. Intimo também toda a guarda do Museu e dos depósitos a render suas armas à Guarda Municipal de Angra. Vou dar uma busca junto com essa equipe de peritos da Divisão de Controle de Radiações, da Secretaria de Saúde Pública.

Logo, um sujeito gordo e careca de fôlego ansioso se achegou à guarita.

— Dr. Paulo Wolf, juiz de instrução? Que negócio é esse? Isso é uma instalação federal!

— Tenho um mandado de prisão, por homicídio de nada menos que oito pessoas, contra um funcionário seu da segurança, o major Estrôncio Luz, que é o maníaco da pistola "L" que está no noticiário. A justiça vai ser severa. E vamos aproveitar para realizar uma auditoria no Museu e uma vistoria nos silos de lixo atômico, ver se a lei está sendo cumprida.

— Mil desculpas, dr. Paulo, não passou pela minha pobre e atormentada mente algo tão terrível, tão lamentável! Pode contar com minha total colaboração para trancafiar esse facínora, há muito tempo que desconfio dele! Colaboração total, juro, meritíssimo!

— Outra coisa, dr. Próton Nogueira, dentro de pouco mais de dez minutos chegará um efetivo misto da Polícia Metropolitana do Rio de Janeiro e de comandos boinas-negras do Ministério da Defesa para prender Estrôncio Luz. Vêm armados até os dentes e quero todo o pavilhão, com a residência dos guardas do depósito, evacuado. Esse homem certamente vai reagir, e meus homens vêm chefiados pelo inspetor José Balduíno, que, garanto ao senhor, não é de brincadeira.

— Dr. Paulo, o senhor não atinou ainda para a gravidade da situação! Vamos ter aqui uma calamidade pública!

— Como uma calamidade pública?

— Se Estrôncio está armado com uma pistola laser ou uma "espada de luz", como alguns dizem, em alguns segundos de fogo contínuo uma arma dessas é capaz de penetrar qualquer blindagem e qualquer parede de concreto. A arma pode grimpar com a resistência ao feixe, mas pode penetrar, furar até o coração do reator de demonstração lá do Museu, ou muito pior ainda: até o lixo radioativo dos depósitos, nas piscinas de concreto, liberar uma boa quantidade de radioatividade na atmosfera e contaminar toda a região de Angra dos Reis!

28

A notícia alcançou Mike Fontourinha na redação. Balduíno soubera poucos minutos antes, pelo rádio, quando se preparava para embarcar rumo a Angra dos Reis, com seus homens e os boinas--negras destacados por Praxedes. A mensagem do detetive Castelo o apanhara praticamente na porta do helicóptero.

Castelo fora buscar o dr. Naguib Carvalho para prestar novo depoimento – já desnecessário, visto a vertiginosa sucessão dos fatos – e se deparara com os resultados da mais recente investida do maníaco da pistola "L". Encontrara, diante do prédio, Zenon, o motorista da TV-3, voltando a si e cercado por dezenas de curiosos. Na portaria, o corpo do zelador e, no apartamento 2201, o cadáver do andrologista.

Segundo Zenon, que apresentava um corte feio na cabeça causado por uma coronhada, o homicida fugira no carro da reportagem levando como refém a jornalista Lili Braga.

Zé Balduíno tentava aparentar calma ao comunicar-se com Mike Fontourinha pelo videofone, mas dava perfeitamente para notar que estava trêmulo e suando muito. Ema recebeu a notícia como um soco no fígado, mas se recuperou rápido.

— Inspetor, a Lili levava com ela um *bip* especial. Além de receptor ele pode funcionar como emissor de sinais. É uma maneira que temos de saber onde está a repórter. Não costumamos usar, mas ela pode tê-lo acionado. O problema é que o seu alcance é limitado a um raio de uns cinquenta quilômetros. Vou verificar no terminal se ele chegou a ser acionado. Fique na linha um instante, vou colocá-lo no meu circuito.

Balduíno viu a cara de Mike sumir no videofone e, alguns segundos mais tarde, surgir o mapa eletrônico da cidade. No canto da tela uma numeração digital de horário retrocedia rapidamente. Às 21h17 surgiu no alto do mapa um pequeno ponto cintilante. Sobre o mar, na altura do litoral do Novo Rio. À medida que os segundos recuavam, o pontinho ia se deslocando em linha reta e em grande velocidade até a região da Lagoa Rodrigo de Freitas. Ficou parado mais alguns segundos e depois apagou.

— É o sinal de Lili, não há dúvida. — Agora era Mike que parecia lívido e ansioso. — O que lhe parece, inspetor?

— Não precisa nem rodar o disquete pra frente, tá tudo claro. Ela devia estar no heliporto do Jockey quando conseguiu ligar o *bip*. Entrou numa nave e saiu voando em linha reta em direção ao mar, dali rumou para o sul até sair do alcance do receptor de vocês. Vou me comunicar agora mesmo com a estação de radar da Ilha Grande. A partir dos dados que temos de posição, horário e rota, é provável que consigam rastrear o resto da trajetória. Em todo caso o meu palpite é de que ela esteja voando para a região de Angra. Enquanto faço isso, sugiro que você venha até aqui e depois vá a Angra comigo. Eu ia embarcar quando chegou a notícia e o juiz Paulo Wolf já deve estar no local, íamos realizar uma diligência. Já temos a identidade do homem e a operação é para prendê-lo.

Não posso dizer mais nada, mas se você conseguir vir junto vai ser interessante. Em todo caso gostaria de ter alguém da TV-3 comigo. É provável que o assassino queira usar a Lili de refém.

— Mas quem é? Por que Angra dos Reis?

— Não posso dizer mais nada agora. Se quiser, venha cá, vamos sair em vinte minutos, é o tempo de você chegar por via aérea.

Mike conseguiu meia hora e disparou feito uma flecha pelos corredores e pela escada até o andar superior. Entrou no gabinete do dr. Grudeson Viana atropelando a secretária.

— Desculpe a intromissão, trata-se de uma emergência. — O dr. Grudeson discutia acaloradamente com a esposa pelo videofone e lhe lançou um olhar raivoso que ele ignorou. — A repórter Lili Braga foi raptada pelo maníaco da pistola "L", lá no Alto Leblon, no apartamento do dr. Naguib Carvalho, que, aliás, foi assassinado. Precisamos avisar urgentemente o dr. Luben!

— Mas...

— Estou seguindo agora mesmo para a Polícia Metropolitana, parece que eles já identificaram...

— Mas antes eu gostaria de saber como o senhor invade assim meu gabinete sem se fazer anunciar pela secretária, não vê que estou ocupado?

— O senhor não entendeu? É uma emergência! Uma funcionária da casa foi sequestrada, sua vida corre perigo!

Grudeson Viana suspirou profundamente e se virou de novo para o videofone:

— Falo com você mais tarde, Odete, aqui temos uma emergência...

— Mas eu não acabei, Gru, passei a tarde toda tentando te achar, agora vem aí com umas desculpas...

— Falo contigo mais tarde. Porra, você não está vendo que tem gente na minha sala? Temos uma emergência!

Raivosamente, ele desligou o videofone sem aguardar a réplica. Depois suspirou de novo e disse num tom de profunda autocomiseração:

— Santo Deus, essa moça só me traz problemas. Que hora que ela encontrou pra ser raptada... O dr. Luben está com a massagista, deixou ordens expressas para não ser incomodado, até as onze. Quando souber, vai querer reunir toda a cúpula. Isso significa que vou passar a madrugada aqui. Vocês só me trazem aborrecimentos, já não basta o que aconteceu com o Vi Almeida?

— Desculpe, dr. Grudeson. Lamento muito o incômodo, mas tinha que lhe comunicar, o senhor não iria gostar que eu fosse diretamente ao dr. Luben, ou, que em lugar do senhor, procurasse o dr. Edmilson, não é? Busquei me ater aos canais hierárquicos. Diante da gravidade da situação tomei a liberdade...

— Está bem, Mike, desculpe o meu mau humor. Estou num "daqueles dias" e justo hoje todos os pepinos vêm estourar na minha mão. Assim meu coração não aguenta. Hipertensão arterial, você sabe.

E Grudeson já ia começar a desfifar, pela enésima vez, seus problemas cardiovasculares quando percebeu que Mike sumira da sala. Suspirou novamente e pediu à secretária que ligasse para o número reservado do dr. Luben.

— Peça mil desculpas e diga que é uma emergência. Ah, meu Deus, tudo estoura sempre em cima de mim!

Antes de voar para a Polícia Metropolitana num minicóptero conseguido às pressas, Mike ainda teve tempo de mandar uma equipe de reportagem ao Leblon, à casa do desafortunado andrologista, e dar instruções para a edição extraordinária do telejornal. Conseguiu chegar em cima da hora, quando os três aparelhos com a equipe de Balduíno já se preparavam para decolar. Balduíno agora parecia, novamente, muito preocupado. Acabara de receber notícias da estação de radar da Ilha Grande.

— Eles conseguiram identificar nos registros a trajetória de uma nave que pode ser a que estamos procurando. O horário e a direção conferem. A rota que eles rastrearam é exatamente a que prevíamos, mas cessa bruscamente num ponto a uns dez quilômetros do litoral, já depois de Angra, na altura das antigas usinas.

— E o que significa isso?

— Significa que eles podem ter caído no mar.

29

Parados junto ao heliporto do Museu, Paulo Wolf e Próton Nogueira perscrutavam o céu. O juiz, preocupado e ansioso com a demora de Balduíno e sua equipe, a essa altura quase uma hora atrasados em relação ao combinado. Como Balduíno era sempre pontual, Paulo Wolf ficou tentando imaginar o que poderia ter acontecido. Ao seu lado, Próton Nogueira falava sem parar, se justificava, jurava colaboração e insistia exaustivamente nos perigos de um confronto armado dentro do polígono do Museu e dos silos de lixo atômico. O juiz estava a ponto de mandá-lo calar a boca. Controlou-se e preferiu aguardar em silêncio.

Vistas daquele local, as duas velhas usinas pareciam mamutes silenciosos, adormecidos, monumentos imponentes de uma era perdulária. Os depósitos semissubterrâneos ficavam bem camuflados a uma certa distância dali. O heliporto era junto à praia e dava para ouvir o vaivém da marola batendo na areia. Finalmente o céu escuro sobre Itaorna foi invadido pelo ronco dos motores e pelas luzes fortes das naves policiais. Primeiro pousou o

Pégaso de Balduíno, depois o helicóptero com o grosso do efetivo, e finalmente o minicóptero transportando Mike Fontourinha e a sua equipe.

Desceram com suas armas, rapidamente, como numa operação de comandos. Os do Ministério de uniformes camuflados e boinas-negras, munidos de pequenos escudos feitos de uma fibra ultrarresistente, capazes de suportar um feixe de laser por quase meio segundo. Balduíno ganhara um e o trazia na mão esquerda, na direita a sua escopeta automática.

Ao chegar, afastou Paulo Wolf de Próton Nogueira e lhe comunicou rapidamente as razões do atraso, a nova investida do assassino e o sequestro de Lili Braga. Preocupado com a equipe, que já tomava posição de combate, o juiz o interrompeu.

— Balduíno, não faça nada ainda. Vamos ter que dar uma parada para reavaliar toda a situação. Próton Nogueira, diretor do Museu, garante que Estrôncio não está aqui. Eu não vi pousar ninguém desde que cheguei, há mais ou menos uma hora e vinte. Ele pode ter chegado antes. Pode estar no seu alojamento. Próton pode estar mentindo, mas ele tem razão com relação a um problema grave. Se um feixe de laser desses atingir algum dos silos, laboratórios ou o reator de demonstração do Museu, pode ocorrer uma contaminação radioativa, pondo em risco muitas vidas. Quero que você cerque o alojamento dos seguranças, mas não ataque. Por ora. Se o homem estiver lá, eu vou negociar com ele, ver se ele se rende sem derramamento de sangue. Ainda mais agora com a Lili Braga em suas mãos...

— Mas ele não está aqui. O Próton tem razão. Não te contei ainda o final da história. A Lili levava um *bip* especial com um emissor de sinais. Conseguimos detectar uma parte da rota, do heliporto do Jockey até um ponto sobre o mar na altura da Barra da Tijuca. Aí pedimos ajuda à Aeronáutica, e a partir dos nossos dados eles descobriram no arquivo eletrônico do radar da Ilha Grande um objeto voador exatamente na mesma rota e no mesmo horário. Há mais de noventa por cento de chance de serem eles. Seguiu uma trajetória norte-sul, passou por Angra e sumiu a uns dez ou quinze quilômetros daqui, sobre o mar. Desapareceu misteriosamente.

— Como desapareceu? Caiu?

— Foi o que pensei, e fiquei muito angustiado, mas durante o voo para cá me ocorreu outra hipótese. O litoral aqui é cheio de ilhas, ele pode ter pousado numa delas. Vamos ter que esperar clarear para dar uma boa olhada.

— E o emissor de Lili?

— Trouxemos um equipamento de rádio especial para tentar recuperar o sinal mas não apareceu nada. Pode ter gastado a pilha, ela pode ter tido que desligar, ele pode ter descoberto ou podem ter caído no mar, mesmo. O importante agora é dar uma busca no alojamento, talvez se encontre alguma pista, interrogar os colegas de Estrôncio, descobrir quais os seus cúmplices e ter uma longa conversa com aquele sujeito ali – apontou para o gordo Próton Nogueira —, que deve ter umas tantas coisas pra nos contar.

— Dr. Nogueira, chegue aqui, por gentileza — disse Paulo Wolf. — Gostaria de apresentá-lo ao inspetor José Balduíno, da Polícia Metropolitana, está chefiando as operações para a captura de Estrôncio Luz. Enquanto eu vou começar minhas auditorias com os fiscais da Saúde Pública e a Guarda Municipal de Angra, o senhor fica à disposição do inspetor, que deve ter algumas dúvidas a esclarecer a respeito do criminoso, das suas relações e de possíveis cumplicidades. Não se preocupe, o inspetor é um homem muito paciente.

O gordo diretor do Museu Nuclear não gostou muito do tom da observação, menos ainda de ser interrogado por aquele crioulão que já chegara fuzilando-o com os olhos. Sentiu um filete de suor frio descendo pelas costas até o rego entre as nádegas. O medo ia se espalhando pelas suas entranhas como um laxante agressivo. Mas se deu conta que temia menos o policial negro de escopeta em punho do que aqueles três jovens fiscais anódinos com suas pastinhas debaixo do braço. Um deles, magrelo, de óculos grossos, o espiava de soslaio de forma desdenhosa. Era o mesmo da época do caso dos filipinos. Tinha conseguido levantar várias irregularidades, mas não tivera respaldo para chegar ao final. Agora vinha de novo e, aparentemente, com carta branca para bisbilhotar. Ficou tentando pensar em alguma forma de mantê-los afastados do seu escritório para dar tempo ao seu sobrinho e auxiliar Gastão Nogueira subtrair certas evidências comprometedoras, mas percebeu que era tarde demais. O juiz determinava a interdição das instalações e os fiscais acompanhados dos guardas iam começar a trabalhar naquela mesma noite. Ainda tentou sugerir-lhes que adiassem suas atividades até a manhã seguinte à espera de alguns funcionários que pudessem ajudá-los, mas não chegou a abrir a boca. Balduíno queria iniciar ali mesmo o interrogatório.

— O senhor consegue imaginar alguma ilha onde Estrôncio poderia ter pousado, dr. Próton Nogueira?

30

Ele passou algum tempo sem falar, ignorando-a solenemente, absorto com seus instrumentos. Não tinha percebido quando ela mexeu no *bip* preso à cintura, pouco antes de subir a bordo; também não viu quando, no meio do voo, ela o desligou, temerosa de que a pequena, porém indiscreta luzinha vermelha, que ela escondia com o cotovelo, atraísse sua curiosidade, agora que passara a olhá-la com mais frequência e atenção. Até então ele se limitara a uma advertência num tom de voz quase amável: "Se desobedecer, te mato, faço um furo no teu coração." Depois lhe colocara um par de algemas de plástico não muito apertadas. Fizera-a subir na cabine oval do Centauro prateado, no mesmo assento ocupado, dias antes, por Lola, o andrógino assassinado no Olympus Aerotel.

Agora Estrôncio Luz abria o jogo:

— Se depender de mim, não quero te matar, moça. Você é um tipo sadio, se procriar vai fazer bem à raça. E vai ser muito útil pra mim. Vai contar a minha história. A saga de como um cavaleiro da

Luz enfrentou sozinho todos eles: os falsos generais sem pundonor, os maus Filhos de Plúton, que se corromperam e traíram. E os velhos inimigos de sempre, os comunistas, os socialistas, os verdes, os liberais, toda essa sinarquia da decadência, da podridão.

"Quero anunciar minha dissidência com os Filhos de Plúton e a fundação de uma nova e poderosa organização, os Filhos da Luz. Quero que você, com toda essa sua bossa propagandística, divulgue nossa proclamação pela retomada das raízes sadias do atomismo e pela eutanásia sociopolítica, moral e demográfica.

— Tá legal, tá legal, o que o senhor quiser, general Estrôncio, desde que prometa que vai me deixar viva. Então vamos à entrevista.

Suas mãos algemadas levantaram a pequena câmera VD e começaram a filmar o rosto granítico e vitorioso do maníaco da pistola "L".

— Sr. Estrôncio Luz, o que tem a nos dizer sobre essa cruzada que está movendo contra os andróginos? Por que abatê-los com uma pistola laser? Não seria mais fácil ignorá-los?

— Ignorar a podridão? O escárnio à virilidade nacional? Senhorita, uma nação começa a apodrecer pelos testículos. Essa moda de andróginos é algo insuflado pelos traidores da pátria. Querem nos transformar, a todos, numa nação de eunucos.

— Por favor, explique a nossos telespectadores que ligação tem isso com a sua militância atomista...

— Perfeitamente, senhorita. Antes de tudo queria reafirmar que sou um homem determinado, predestinado e incompreendido por essa corja de ladrões e incompetentes que conspurcam a viúva de Caxias. Acabaram com a nossa grandeza nuclear, fundamento do atomismo, para optar por essa coisa simplória, esses espelhinhos fotovoltaicos. O sol, essa estrela de quinta grandeza. Não sabem que a verdadeira luz sai das trevas, é a luz do metal mais pesado, do mais forte, do mais másculo. É a fissão! A quebra do átomo, a desagregação da matéria. A grande chispa de Plúton! Daí sai a verdadeira luz! Não posso te explicar bem como foi que saí limpando a cidade de pederastas. Foi, por dizer assim, um impulso, um impulso irresistível...

— Mas o senhor manteve relações sexuais com suas vítimas! Por quê?

— Não mantive, não! Apenas pratiquei um ato de submissão delas a mim. Bem, no caso do último, ocorreu um imprevisto. Afinal, ninguém é de ferro. Mas uma coisa garanto, potência igual a minha não há em todo o Brasil, quiçá no mundo. São muitos megatons!

— Como o senhor arranjou essa arma privativa das Forças Armadas?

— Da maneira mais fácil: pelo reembolso postal. É um protótipo, fabricado nos Estados Unidos, importado via Seul, Manilha, Cartagena e Manaus. Comprei cinco para a organização e encomendei uma sexta para mim. Troquei com os fornecedores por um quilo e meio de plutônio, que eles acabaram vendendo pelo triplo do preço. Há centenas dessas armas por aí. Esses babacas não sabem de nada.

— E o que o senhor pretende fazer agora? Vai se entregar à polícia?

— Entregar, eu? Eu, general Estrôncio Luz? Vou é varrê-los a todos com o fio da minha espada se tentarem mais alguma coisa. Estou propondo um acordo ao governo: me deixem em paz no meu santuário e vou emitindo mensagens pelo sistema telemático a todos os meus seguidores, a todos os Filhos da Luz, dispostos a sair em campo e romper com a corrupção e o imobilismo dos Filhos de Plúton e desse imbecil do Próton Nogueira. Vamos nos rearticular para ser a mola mestra do renascimento do atomismo e da eutanásia sociopolítica e moral.

— Explique o que vem a ser essa eutanásia que o senhor propõe... A palavra significa morte sem dor de um doente incurável, fica difícil entender um sentido sociopolítico e moral... Explicite sua proposta.

— Justamente, você mesma disse: doente incurável. Muito bem, é exatamente o que são esses miseráveis, malnascidos, de cérebro atrofiado, concebidos por quem não podia ter filhos, mas, ainda assim, insistiu em proliferar a raça. Também são doentes incuráveis os atrofiados ideológicos e políticos de variada espécie. No plano moral, esses andróginos são o exemplo mais acabado da podridão. Decidi começar por eles, mas logo, com armamento mais adequado, cuidarei de um espectro mais amplo...

— Mas...

— Não me interrompa, senhorita, quero dizer que vou empreender essa cruzada, a partir do meu bunker inexpugnável. Os homens de bem não têm nada a temer. Prometo a minha proteção. Mas os agentes ativos e passivos da podridão, esses não perdem por esperar. — Olhou para a câmera. — Vocês verão, telespectadores.

— General, agora uma curiosidade minha: como o senhor consegue sempre se antecipar a todos? Como soube que o gângster Baby Morgado estava no seu encalço? Como descobriu tão rápido que a polícia já o tinha identificado?

— Por você mesma, senhorita. Pelo seu terminal telemático. Agora já pode saber que lhe fiz uma visitinha. Descobri a chave que dá acesso ao seu videofone e ao do seu chefe. Tudo que você falava com aquele crioulo safado, e vice-versa, era grampeado...

— Então foi o senhor... Última pergunta, general. Por que o senhor matou o dr. Naguib Carvalho? Afinal foi ele quem lhe curou da impotência. Foi seu benfeitor, não foi?

— Olha que me irrito com você, garota. Matei porque me deu vontade. Há muito tempo que eu tinha ganas, mas estava calmo, não estava matando. Agora que comecei a limpar de novo resolvi cuidar desse escroque. Ele não curou nada. Nunca fui impotente, fiz a operação apenas para reforçar a minha potência. Aquele vigarista me enganou, disse que ia ter orgasmo, sabe, aquela múltipla reação energética e muscular que as pessoas têm. Eu, por traumas de infância, nunca tive, embora em volume de ejaculação ninguém chegasse nem perto da minha quantidade... Uma vaca leiteira!

— Mas e aí...

— E aí que ele me prometeu que depois da operação eu ia ter orgasmos e não tive, e ainda por cima meu membro secou. Fica duro uma semana a fio, mas a seco. Esse charlatão me ficou devendo essa, agora pagou.

— Lili Braga para *Notícias da Noite*: sensacionais confidências do chamado maníaco da pistola "L".

Mais ou menos a essa altura da entrevista a nave prateada de Estrôncio parou no ar e pousou suavemente na vertical como se fosse mergulhar no mar. Mas aterrissou em algo sólido, uma plataforma plana, triangular, plantada entre as águas.

— Chegamos à ilha... — disse Estrôncio.

Era um triângulo do tamanho de um quarto de campo de futebol, traçado da bandeirinha do corner à linha intermediária do outro lado. A superfície lisa e plana de fibra duríssima e transparente debaixo da qual um sistema fotocrômico mantinha, permanentemente, a superfície de uma cor idêntica à do mar a sua volta, oscilando entre o verde-garrafa e o azul-marinho propriamente dito. Era impossível identificá-la a olho nu a não ser a pequena distância, mas Estrôncio chegava até lá de olhos fechados por obra do pouso automático, orientado por um sinal eletrônico que a "ilha" emitia.

Na verdade, tratava-se de uma pilastra de concreto cravada numa formação rochosa subaquática que só aparecia raramente em marés muito baixas. A parte superior era móvel, podia baixar vários metros por meio de complicadas engrenagens hidráulicas. Assim a ilha mantinha sempre perfil baixo, quase invisível, no meio das ondas. Lili conseguiu ver, de relance, luzes no horizonte. Deduziu que estavam a apenas alguns quilômetros do litoral.

No meio do triângulo, o elevador parecido com um disco gigante que recolhia a nave trazia-a para dentro do hangar, a alguns metros de profundidade, e depois voltava restabelecendo a perfeita camuflagem do triângulo.

A operação foi silenciosa, e quando Lili deu por si, já estava sendo ciceroneada por Estrôncio pelas entranhas dos seus domínios.

Aquilo era um abrigo antinuclear com suprimentos para mais de dez anos: milhares de latinhas plásticas de rações K e alimentos congelados. Possuía, ainda, um minissubmarino, equipamento completo de mergulho, muitas armas e explosivos e um *situation room*. O solitário QG do general Estrôncio Luz.

— É meu posto de combate. Daqui eu comando tudo...

A sala era hexagonal com uma grande escotilha para o mar protegida por uma grossa blindagem à guisa de persiana. Na mesa de Estrôncio, um sofisticado terminal telemático com vários vídeos e uma tela redonda de radar. O terminal tinha vários teclados e praticamente todas as funções eram dotadas de sistemas alternativos, com instrumentos mais antigos.

O chão era forrado por um carpete verde-oliva e nas paredes retratos de heróis e profetas do atomismo. O coronel Paul Tibbets, o primeiro homem a lançar uma bomba atômica, e o dr. Celsius Mabuse, o construtor da bomba brasileira.

O local de maior destaque, na parede curva, era ocupado por uma pequena foto de dona Mariazinha, mãe do líder dos Filhos da Luz. Havia ainda um sem-número de fotos menores numa exposição caótica de modelos de artefatos, vetores, estações orbitais, naves de combate e outras armas. E, finalmente, pendendo para fora da parede, como uma cabeça de alce, uma escultura da velha usina pioneira, incompreendida e desativada de Angra I, onde se produzira o resíduo radioativo para os primeiros gramas de plutônio. Algo que não existia na natureza e que a mente superior criara. Uma substância tão mais forte que o homem que bastava um milésimo de grama nos seus pulmões para condená-lo à morte.

Estrôncio parecia se orgulhar quando falava do plutônio.

— É meu pão de cada dia e meu ideal — garantiu a Lili. — Mas eu não quero trancá-lo e traficá-lo, como fazem esses corruptos, quero levá-lo ao seu destino, que é exterminar essa civilização podre, luxuriosa e decadente, acabar com Sodoma e Gomorra, como o bom Deus da Bíblia. Só aqui na ilha tenho quase duzentas toneladas de material radioativo diverso, acondicionado em pequenas caixas de chumbo. Quando chegar o dia, vou me divertir. Posso respingar as praias do litoral com um aerossol gigante ou até jogar tudo na adutora do Guandu. É só escolher.

— General Estrôncio, nem pense numa barbaridade dessas! O senhor deve estar brincando!

— Brincando? Eu?

31

— O senhor escolhe, dr. Nogueira. Ou nos ajuda a sério mesmo ou prendo o senhor agora mesmo, por cumplicidade em oito homicídios e conspiração contra o estado de direito.

— Pelo amor de Deus, dr. Balduíno, não tenho nenhum interesse em proteger esse assassino que só trouxe desonra para o nosso Museu.

— Então me diga onde ele está. Deve estar numa ilha. O radar o rastreou até um ponto do mar a três ou quatro quilômetros do litoral. Onde é essa ilha?

— Não faço ideia. Sei que uns tempos atrás Estrôncio andou construindo uma base de mergulho para a prospecção da plataforma continental, não sei a localização exata. A construção dessa base não foi uma obra oficial do Museu. Foi a iniciativa voluntária de Estrôncio e do seu departamento, uma espécie de hobby. Não tive interferência.

— Mas já investigamos todas as ilhas do litoral por aqui, e não há nada de anormal. Absolutamente nada — atalhou Balduíno.

— Considero inverossímil que uma obra desse tipo tenha sido realizada de forma não-oficial e que o senhor desconheça a localização dessa instalação que está servindo de esconderijo para o criminoso.

— Inspetor, o senhor está insinuando que estou mentindo?

— Não estou insinuando; tenho certeza de que está mentindo, dr. Nogueira... — Balduíno sacudia displicentemente a escopeta. — Estou aguardando ordem do juiz pra lhe prender.

Paulo Wolf, que acabava de voltar, interveio:

— Calma, Balduíno. Vamos primeiro tirar a limpo o que está acontecendo aqui. Mesmo que o senhor Próton Nogueira saiba mais do que revelou, já nos deu uma ajudazinha. Existe a ilha, fica aqui perto e é artificial. Com esses três dados chegamos lá. A prioridade é prender o maníaco. Quanto a outras irregularidades do Museu Nuclear e eventuais cumplicidades, verei isso em seguida.

Balduíno ficou sem entender por que Paulo não apertava mais o dr. Próton Nogueira. Era impossível que não soubesse onde era a ilha de Estrôncio. A confissão de que fora construída oficiosamente por si só já era merecedora de uma demissão sumária. A Diretoria de Parques e Museus ainda não atinara que aquilo não era um museu como os outros. Como fora inócua aquela decisão, supostamente louvável, de levar às últimas consequências a transformação das duas usinas desativadas, no início do século, em peça de museu! A questão dos silos de lixo, com as toneladas de diversos dejetos radioativos, acumulados em duas décadas, acabara por ser desdramatizada. Durante muito tempo, no final do século passado, se discutira o que fazer: reciclar, enterrar no fundo de uma salina, no fundo do mar. Houve até um cientista maluco que propusera que se mandasse para o espaço, mas custaria muito caro. Finalmente optou-se pela solução mais cômoda. Não fazer nada. Deixar os silos de Itaorna ali mesmo e esquecê-los, fingindo que não existiam.

Houve um longo conflito de competências entre o então Ministério das Minas e Energia, o Ministério da Defesa, o Ministério da Saúde Pública e o governo do Estado, a respeito de quem iria gerir o abacaxi. Ficou decidido que as duas usinas dependeriam da Diretoria de Parques e Museus; o pequeno reator de demonstração, das Minas e Energia, e a supervisão dos silos, da Saúde Pública. Foi considerado, na época, uma forma de "descentralizar, desmilitarizar e desparanoizar" o problema. Mas, como costuma acontecer onde mandam muitos, acaba não mandando ninguém, ou melhor, mandando forças ocultas que se aproveitam do vácuo de poder.

Pouco a pouco, com astúcia e discrição, Próton Nogueira foi colocando em postos-chave, nostálgicos da antiga nomenclatura nuclear e criando um pequeno exército secreto sob o pretexto de dar boa proteção aos silos. Surgiram pequenas seitas, como os Filhos de Plúton, sem que os governantes tivessem se preocupado. "É tudo folclórico", se dizia. Depois ficou evidente que havia desvio e tráfico de lixo radioativo e nada foi feito, porque faltavam provas. Agora isso. Balduíno se exasperava, a justiça era lenta e o governo não acordara para o perigo. Até Paulo, que sempre desconfiara daquilo e que era inimigo jurado dos extremistas do último bolsão, vinha com esses pruridos, ficava tratando com panos quentes o dr. Próton Nogueira.

Mas, no fundo, para Balduíno, tudo isso era secundário. O que importava mesmo era localizar o maníaco da pistola "L" e salvar Lili. E a busca, até agora, não tinha dado nenhum resultado Todas as ilhas próximas ao litoral já haviam sido vasculhadas, minuciosa e inutilmente. Exasperado, ele andava às voltas pelo pátio do Museu como uma fera enjaulada. Novamente tomava corpo na sua mente a terrível ideia de que afinal Estrôncio tivesse mesmo caído no mar, levando Lili junto. Mike Fontourinha permanecia silencioso ao seu lado e Balduíno tinha a sensação de que ele temia a mesma coisa.

Finalmente, já no início da segunda noite em Itaorna, um dos seus auxiliares veio correndo com a notícia: o sinal do *bip* de Lili voltara a ser captado durante alguns segundos. Quando se preparavam para mudar o receptor de lugar, para permitir a triangulação necessária à localização exata do ponto de onde provinha a emissão, ele cessou, bruscamente.

32

— Sua putinha, você me traiu!

A mão de Estrôncio estalou na cara dela com violência e a atirou do outro lado da sala. Depois, com o pé, ele esmigalhou de um só golpe o *bip* que ela ligara novamente e deixara escondido no banheiro após usar o vaso sanitário. Um certo nervosismo nas mãos e no olhar deve tê-la traído à saída do toalete, pois Estrôncio ficou encarando-a desconfiado e, *incontinenti*, se dirigiu ao banheiro voltando com o *bip* na mão com a sua luzinha vermelha piscando escandalosamente.

— Você pensa que me engana?

Um novo tapa ecoou nas paredes blindadas do abrigo, e pela primeira vez Lili começou a ficar apavorada. Tentou argumentar, explicar que tinha ligado sem querer, deixado cair, que era apenas um inocente *bip* receptor, mas ele conhecia perfeitamente o modelo, a marca e as características da engenhoca. Ela só não conseguiu entender como, então, não percebera mais cedo.

Foi novamente algemada e jogada no canto. Ficou ali no chão, de pernas cruzadas, tentando fixar cada detalhe do *situation room*, desvendar o segredo de todos aqueles instrumentos e, mais do que tudo, arquitetar algum plano de fuga. Mas como tirar aquelas algemas, como se livrar daquele brutamontes, como escapar daquele bunker no meio do mar?

Estrôncio agora estava ficando cada vez mais esquisito. Depois do estouro de cólera fechou-se em copas e ficou quase meia hora observando o radar, fazendo cálculos e consultas ao seu terminal. Depois se levantou, foi até o banheiro e abriu um pequeno armário sobre a pia. Do ponto onde estava Lili, deu para perceber que ele desembrulhava um papelote e espalhava seu conteúdo, um pó branco, sobre o mármore negro da pia. Também retirou uma seringa e botou uma agulha para ferver.

Lili começou a ficar em pânico, lhe ocorreu que o monstro ia querer matá-la com uma injeção letal, mas depois se lembrou que a veia do braço esquerdo de Estrôncio tinha várias pequenas marcas de picadas.

— Heroína, Estrôncio?

Ele pareceu irritado com a pergunta. Heroína, não! Era coisa de niilista, de *junky*, droga dos fracos, das lesmas. Não, aquilo era plúton, uma droga criada por um dos cientistas da falange que continha vários tipos de anfetaminas, uma certa dosagem de cocaína sintética e outras químicas. Seus usuários no Museu tinham espalhado que havia ali minúsculas partículas de plutônio, daí o nome. Mas era apenas uma contrainformação, ninguém ia ser besta de injetar plutônio nas próprias veias, estava reservado aos outros, às multidões podres.

Estrôncio parecia novamente quase bem-humorado enquanto dava explicações e ia batendo com uma navalha, misturando o pó branco com uns comprimidos que tirou de um frasco e ia começando a esmagar.

— É a minha fórmula especial.

Nesse instante soou a cigarra do videofone e ele se levantou de supetão, contrariado. Ficou uns instantes indeciso olhando para Lili e depois agarrou-a pelo braço, levantou, atirou-a dentro do banheiro e fechou a porta.

Lili ficou de ouvido colado, tentando escutar a conversa. Conseguia apenas captar algumas palavras soltas. Pelo tom de voz, Estrôncio parecia irritado, admoestava, dava ordens. Lili pensou que acabava de tomar conhecimento de mais um segredo. Ele tinha cúmplices, se comunicava com eles, dava ordens. Pensou também que com o passar das horas ela ficava conhecendo cada vez mais coisas, se avolumavam as razões que Estrôncio teria para não deixar que saísse viva dali. O medo voltou, avassalador. Desesperadamente ela olhava em volta à procura de uma saída. Inútil, o banheiro não tinha janelas, apenas um exaustor de ar pequeno e gradeado, ficava no coração de um abrigo nuclear blindado, no meio do mar. Não havia escapatória possível.

Olhou-se no espelho, estava pálida, com profundas olheiras e um ar de pouco banho. Na face esquerda a marca da bofetada de Estrôncio. Olhou para o pó e os comprimidos sobre o mármore ao lado da pia. Ali devia haver meio grama do tal plúton e dois comprimidos de um outro excitante qualquer que ele pretendia misturar. A navalha ele levara junto. A ideia chegou com a velocidade de um raio. Os dois comprimidos tinham o formato idêntico aos soporíferos que ela trazia na bolsa desde o dia da cremação de Vi Almeida e da viagem de volta ao Rio a bordo do Cometão. Depois do incidente com o *bip* ele revistara seus pertences, mas não notara ou não se importara com os comprimidos. Na hora de voltar ao banheiro ela instintivamente pegara a bolsa. Com os dedos trêmulos, febris, buscou os comprimidos, e apesar das algemas de plástico conseguiu tirá-los do papel no qual estavam embrulhados, colocando-os no lugar dos de Estrôncio, que jogou na latrina. Depois, como percebeu que a conversa dele pelo videofone continuava acalorada – parecia insultar o interlocutor –, ela esmigalhou com os dentes mais dois dos seus soporíferos. Atirou no vaso quase metade do tal plúton e substituiu o volume pelo pó das drágeas esmigalhadas. Ficou preocupada que ele percebesse algo, pois a tonalidade do branco e a consistência eram ligeiramente diferentes, mas ainda teve tempo de misturar o melhor possível com a lixa de unhas, lavar as mãos e puxar a descarga, antes que ele terminasse a conversa e abrisse novamente a porta do banheiro.

Durante alguns segundos Lili achou que ele ia perceber o ardil, seu coração batia tão forte que as veias do pescoço pareciam saltar, sentia a boca seca e amarga, aquele vazio no estômago, mas Estrôncio não reparou. Parecia irritado com a conversa ao videofone e ansioso para se servir da droga. Ela chegou à conclusão de que Estrôncio alternava momentos de extremo alerta com outros de quase distração.

Deixou-a em pé ali mesmo no banheiro, triturou os dois comprimidos, misturou-os com o resto, um tanto apressadamente, dissolveu tudo num recipiente com água destilada, tirou a agulha da fervura, colocou-a na seringa, amarrou o braço com uma borracha, na altura do bíceps, e injetou o líquido esbranquiçado na veia.

Agora ele está de pé diante de Lili, com um estranho olhar vidrado e uma discreta baba branca no canto dos lábios. Quase delicadamente lhe retira as algemas, olha-a de alto a baixo e com um safanão brutal rasga a parte de cima do seu macacão collant. Lili tenta se debater, seus seios pequenos tremem como dois bichinhos assustados. Com outro safanão, Estrôncio rasga a parte de baixo, e, logo, a sua calcinha. Seus olhos gulosos agora soltam chispas de excitação. Lili tenta se debater, mas é atirada de volta ao chão por um violento cruzado de esquerda no queixo que quase a faz desmaiar.

Agora está completamente nua no carpete verde-oliva, vê Estrôncio arriar as calças, a cuecona e iniciar aquele estranho ritual que já vira na câmera indiscreta de Pepe Moscoso: bombeia o testículo direito e lentamente sua grande verga flácida vai ficando hirta, em posição de sentido.

33

"Quando a curra é inevitável, relaxa e aproveita." Lili lembrou-se dessa máxima de sua avó, quando viu Estrôncio Luz investir contra ela. Aproveitar era impossível, pois aquele homem só lhe provocava repugnância, mas talvez fosse possível relaxar para que não doesse muito.

— Pera aí, Estrôncio. Já que você vai me estuprar, vê se passa um pouco de vaselina nesse troço. Cuspe, pelo menos...

Foi o que ele fez antes de penetrá-la brutalmente, de uma só estocada, e depois repetir o gesto mecânica e sucessivamente. Lili ficou imóvel feito uma estátua, possuída por uma calma e lucidez admiráveis naquela situação. Com o rabo dos olhos via o rosto impassível de Estrôncio com sua evidente expressão de desagrado. Entendeu que o ato lhe dava o mesmo prazer que a ela, ou seja, nenhum. Era mecânico, um simples exercício de posse, de poder. Sua famosa pica de silicone podia ficar dura uma semana seguida, mas era insensível como um osso morto. O pesadelo iria passar, ele se cansaria em breve, pensou. Mas não se cansava, e ia ficando cada vez mais tenso, seus músculos como pedra, suas feições de gesso lívido. Daqui a pouco esse monstro vai me esganar, pensou Lili. Perdeu a noção do tempo. Pode ter ficado meia hora ou três ali, debaixo dele, sentindo dentro de si aquela coisa que não lhe dava tesão nenhum, apenas um pouco de dor no começo e completa insensibilidade a seguir. Nalgum momento ele começou a fraquejar. A coisa continuava dura como um pilão, mas o resto do seu corpanzil afrouxava e, finalmente, ela percebeu que Estrôncio estava dormindo.

Muito lentamente, estudando cada movimento, ela conseguiu se desprender e rastejou até a porta. Por um momento pensou em procurar a pistola "L" ou qualquer uma das outras armas de Estrôncio e matar o monstro enquanto dormia, mas na sequência da ideia foi assaltada por um tal surto de pavor que tudo que conseguiu foi sair daquela sala oval e subir correndo as escadas até a escotilha superior. Toda a calma e autocontrole que mantivera no rapto e depois durante o estupro desapareceram, Lili sentiu uma dor terrível no baixo-ventre e um medo incontrolável.

A escotilha que dava para a saída lateral estava fechada. A tranca era do tipo digital, ela não conhecia a senha. Voltou por um longo corredor, desceu dois lances de escada, passou por uma outra escotilha aberta e chegou ao hangar. Lá estava solitariamente parqueado o Centauro de Estrôncio. Não sabia pilotar aquele tipo de nave, mas lembrou de Estrôncio mexendo no sistema de comando remoto que punha em movimento o elevador e abria a plataforma de acesso à superfície da ilha. Depois de algumas experiências, sentiu o chão se mover e começar a subir lentamente enquanto o teto se abria, deixando entrar o cheiro da maresia.

Agora Lili estava na superfície do triângulo liso e escuro, cercada de mar por todos os lados, vendo ao fundo, a oeste, as luzes do litoral. Não conseguiria decolar com aquilo, teria que pensar em outra hipótese. Dentro do aparelho havia um colete salva-vidas que ela desdobrou lendo as instruções. Ele se inflaria automaticamente assim que caísse no mar e tinha até um minúsculo motorzinho elétrico com uma pequena hélice que poderia usar para se locomover, não sabia é se isso seria o suficiente para chegar ao litoral, mas uma coisa era certa: não podia era ficar ali à espera de que o monstro acordasse.

Cobriu sua nudez com o colete, chegou até a borda e recuou apavorada. O mar estava agitado, as ondas quebravam seguidamente contra as paredes da "ilha" e a altura da queda era de uns bons dez metros.

Lili recuou, tomou distância, correu e com um salto vigoroso se atirou lá do alto. O impacto com a superfície foi brutal, parecia que tinha quebrado todos os ossos e que era o fim. Afundou quase inconsciente. Mas voltou à tona e, inexplicavelmente, quando deu por si, estava flutuando no mar revolto, arrastada em direção às luzes que vira lá do alto, mas que agora não percebia mais.

Lili perdeu a noção de quanto tempo flutuou à deriva, hipnotizada pelo balanço das ondas e pelo quase absoluto breu daquela noite sem lua. Se lembraria, mais tarde, que num momento qualquer um vagalhão mais alto permitiu que ela visse de novo as luzes do litoral e elas pareciam estar mais perto. Isso fez com que uma fagulha de esperança brilhasse na sua modorra, mas logo veio aquele frio intenso e ela sentiu seu corpo enrijecer como o de um cadáver. Desmaiou pensando na morte. Assim, perdeu todo o espetáculo da aurora rasgando o céu e do nascer do sol, e só voltou a si quando o dia já estava claro ouvindo o barulho de um helicóptero.

Tudo ainda parecia irreal quando o aparelho se aproximou e um homem desceu pelo cabo chegando até ela. Lili se viu içada na sua nudez e ato contínuo estava numa cabine cheia de homens curiosos que demoraram uns bons segundos para lhe estender uma toalha.

— A senhorita é aquela repórter que foi sequestrada?

— Exatamente. Preciso entrar em contato imediatamente com o inspetor José Balduíno. É uma questão de vida ou morte!

— Use o meu rádio de pulso, o inspetor está na escuta permanentemente.

— Alô, Balduíno, é Lili...

— Lili? Graças a Deus. Onde é que você está, menina?

— Num dos helicópteros de patrulha. Depois te conto toda a história. Agora só o mais urgente. Seguinte: aquele monstro escroto está numa ilha artificial, é um triângulo muito bem camuflado que imita a cor do mar. É um abrigo nuclear e ele está ali com uma boa quantidade de plutônio que pretende utilizar para atos de terrorismo. Quando fugi ele estava drogado, apagadão, mas agora já deve ter acordado. Você tem de agir rápido senão ele pode escapar ou fazer uma loucura.

— Qual é a localização da ilha?

— Não sei direito. Acho que fica uns cinco ou seis quilômetros do Museu, um pouco mais para o sul.

— Diabos. É tão perto que nem procuramos direito nessa zona. Tudo bem. Vou agir.

E Balduíno reuniu seus homens, embarcou em duas lanchas com a cobertura de dois minicópteros, a bordo dos quais viajavam os militares munidos de armas "L".

A lancha de Balduíno era velocíssima, do tipo *overcraft*, se locomovia sobre um colchão de ar. De binóculos ele perscrutava o mar em busca da estranha ilha que Lili mencionara. A busca demorou mais de uma hora em círculos concêntricos cada vez maiores. Balduíno já se exasperava quando veio a comunicação do minicóptero:

— Alô, Galeão, aqui Pássaro Pintado: há uma coisa estranha aqui. Parece um aparelho do tipo Centauro pousado no mar... câmbio.

Pela tela do terminal de bordo, Balduíno viu as imagens tomadas pelo Pássaro Pintado. Parecia um gafanhoto prateado plantado sobre o mar. Com o zoom bem próximo finalmente dava para se perceber a plataforma com o formato de um triângulo. Era a "ilha" de Estrôncio. Pela localização ficava a uns vinte minutos dali com a lancha de assalto em sua velocidade máxima.

— Alô, Pássaro Pintado, aqui Galeão: fiquem de olho no aparelho, mas a uma certa distância. Se tentar decolar, derrubem imediatamente. Estou seguindo para aí o mais rápido possível. Câmbio.

Estrôncio acordou com o alarme automático disparado pelo sonar assim que registrou o ruído do Pégaso da polícia. Tonto e praguejando, demorou alguns segundos para perceber a ausência de Lili e a campainha insistente de alarme. Correu ao seu posto de combate e ligou todo o circuito fechado de TV da ilha. Percebeu que ela tinha fugido, que a plataforma do elevador de carga estava aberta e que sua nave estava lá em cima exposta à curiosidade. Pelo radar percebeu a presença do aparelho da polícia a uns mil metros de altura. Fora descoberto.

"Devia ter matado aquela metidinha! Se aproveitou da minha magnanimidade para fugir e me denunciar. Acabo com ela. Mas foi falha minha, eu facilitei. Não dá pra tomar plúton em serviço. Curioso, nunca tinha me dado essa reação estranha. Isso não podia ter acontecido. Meu primeiro grande erro, e esse crioulo vai tentar se aproveitar. Tenho que raciocinar rápido. Raciocinar. Cabeça fria, general, cabeça fria. Vou começar cuidando desse minicóptero."

Estrôncio foi até ao paiol e de lá saiu com um tubo tríplice, que lembrava vagamente uma bazuca. Era um lançador de míssil terra-ar do tipo Stinger III, já obsoleto, mas ainda efetivo. Tinha comprado uns anos atrás nos leilões do Pentágono. Possuía apenas seis foguetes guiados pelo calor do motor da aeronave. Estrôncio colocou o lançador no ombro, a pistola "L" na cintura e foi até a superfície. O minicóptero da polícia era visível a olho nu. Estava fora do alcance dos raios de sua pistola "L", mas perfeitamente vulnerável aos seus mísseis. Estrôncio colocou o lançador no ombro, o olho no visor e começou a enquadrar o alvo.

— Alô, Galeão, alô, Galeão, aqui Pássaro Pintado. Agora há um homem sobre a plataforma, está portando uma arma não identificada. Até o momento ainda não se aproximou da Centauro. Aguardo instruções. Estamos preparados para o ataque. Qual é a posição atual do Galeão? Câmbio.

— Alô, Pássaro Pintado, aqui Galeão, estamos a duas milhas náuticas do objetivo. Uma outra nave, a Gaivota, já decolou e está seguindo para aí para reforçar. Câmbio.

— Alô, Galeão aqui, Pás...

A transmissão do minicóptero se transformou numa aguda estática, enquanto Balduíno esmurrava a amurada, num acesso de fúria. A pouco menos de duas milhas dali, Estrôncio observava maravilhado o espetáculo. Dos três mísseis que disparou, errou o primeiro, o segundo explodiu bem perto e o terceiro fez um impacto direto. O Pássaro Pintado estourou numa bola de fogo e seus pedaços choveram no mar.

Aí Estrôncio remuniciou os três tubos e correu para o seu Centauro. Sentou na cabine, dedilhou as senhas eletrônicas, ligou o motor e se preparava para decolar quando foi sacudido pelo raio de luz que jorrou na traseira da nave e a incendiou imediatamente. Ele pulou para fora e rastejou pelo chão em meio às chamas e aos vapores tóxicos. Percebeu na rasante o segundo minicóptero que acabava de chegar em cima da hora. O lança-mísseis ficou a bordo. Estrôncio rolou até o elevador e ficou parapeitado, tentando alvejar o aparelho que evoluía como uma ave de rapina a altíssima velocidade em volta da ilha, disparando periodicamente um feixe de luz, que caía como um raio de Zeus sobre a superfície.

Estrôncio correu para dentro e se embrenhou no labirinto da sua base. A solução era fugir por baixo d'água. Febrilmente colocou três montículos de explosivo plástico sobre os instrumentos da sala de comando e enfiou em cada um deles um pequeno detonador eletrônico. Depois pegou duas caixas de chumbo com dez quilos de plutônio cada uma e levou-as até o minissubmarino. Viu pelas câmeras em circuito fechado quando o aparelho da polícia pousou e pelo radar a aproximação veloz de uma lancha. Era hora de fugir e deixar armada a ratoeira. Estrôncio envergou seu escafandro, acionou o dispositivo de abertura das comportas. Entrou e deu a partida no submarino de bolso e no segundo seguinte se viu deslizando junto ao fundo do mar, fazendo fugir peixes e outros seres marinhos, e provocando grande rebuliço entre as algas tragadas pelo empuxo da sua hélice. A quase quinhentos metros de distância, o limite máximo do detonador eletrônico, Estrôncio apertou o botão e sentiu quase imediatamente uma violenta sacudida que quase virou o pequeno submarino. A ilha explodira.

A lancha estava a menos de cem metros do objetivo quando veio a explosão, e um vagalhão enorme virou-a atirando todos ao mar. Uma sucessão de explosões se seguiu, e a cada estouro, novo vagalhão. O minicóptero pousado na plataforma tinha acabado de decolar de novo para dar cobertura à chegada da lancha e pôde assim comunicar a emergência e chamar o reforço. Balduíno boiava no colete salva-vidas agarrado a sua escopeta, tentando raciocinar. A primeira ideia que lhe veio à cabeça foi a do suicídio de Estrôncio. Pensou que o maníaco da pistola "L", ao se ver cercado, tinha explodido junto com a ilha, mas logo lhe ocorreu que ele podia ter fugido por baixo d'água. Sabia que Estrôncio era um exímio mergulhador. Pelo rádio de pulso alertou a equipe Gaivota para essa eventualidade. Agora o dia era claro, e a água, rasa e transparente. Era possível a localização. Gaivota deixou os náufragos nos seus coletes salva-vidas, à espera de outras três lanchas da Marinha e de uma fragata, que vinham a caminho, e saiu a perscrutar o mar com seus instrumentos. Inutilmente.

Estrôncio já estava longe dali, rumando para o litoral cercado por um espetáculo deslumbrante: balés de peixes, formações de coral, florestas subaquáticas, grandes arraias e pequenos polvos. Enquanto olhava fascinado para aquele cenário, já bem conhecido mas sempre emocionante, o maníaco da pistola "L" examinava suas alternativas.

"Idiotas... Conseguiram estourar o meu aparelho central, não pelos seus méritos, mas por bobeira minha que deixei fugir aquela lambisgoia. Perdi o QG dos Filhos da Luz. Mas isso não compromete o essencial. Com esses vinte quilos de plutônio posso cumprir minha missão. E nos silos de Itaorna tem mais, muito mais. O problema agora é recontactar os meus rapazes. A estrutura está acéfala sem a minha presença, eles não têm iniciativa e essa derrota tática é capaz de lhes abater o moral. Tenho que chegar a um local seguro e me rearticuiar. Mas onde? A essa altura o Museu já está ocupado e aqueles renegados Filhos de Plúton serão os primeiros a dar com a língua nos dentes. Os corruptos... A autonomia desse minissubmarino é pequena, dá no máximo para chegar até a costa. Aquilo deve estar cheio de polícia. O melhor é parar aqui e esperar até a noite. Aí aportar e desembarcar. Paciência, general, paciência..."

Em volta da ilha explodida, a confusão era total. Vários barcos de guerra e lanchas haviam chegado ao local e resgatado Balduíno, ensopado e furioso. Lá onde era a ilha de Estrôncio só havia uma enorme nuvem de fumaça. Vários homens-rãs da Marinha tinham mergulhado para procurar as perigosíssimas caixas de chumbo com plutônio que, segundo informação de Lili, se encontravam na base de Estrôncio. Depois de várias horas de busca, algumas foram encontradas e se verificou, com alívio, que não tinham sido muito danificadas, nem vazadas pela explosão. Mas a maioria se perdeu nas ruínas subaquáticas, para sempre. Estariam seguras, enquanto o chumbo resistisse, sem dúvida menos do que os quatorze mil anos de vida radioativa do seu conteúdo.

Mas ninguém se preocupou demasiado com isso. A obsessão era capturar o major Estrôncio Luz, antes que cometesse novos e terríveis desatinos. Balduíno sequer trocou as roupas molhadas. Ordenou à lancha que o recolhera que saísse imediatamente em busca do fugitivo. A parte imersa da ilha não fora completamente destruída pela explosão, e os mergulhadores encontraram uma câmara especial e todo equipamento para a manutenção de um pequeno submersível. Balduíno ficou sabendo como Estrôncio conseguira escapar, novamente.

34

Ela gemeu baixinho e se entregou mais àquela energia que corria em disparada por seu corpo adentro. Ondas de gozo iam se espraiando, ela quase as via, de olhos fechados. Na hora H ela sentiu perder-se do seu corpo, aquela eletricidade saltando para fora por todos os poros, pela cabeça, pelas pernas e costas e o pau dele uma brasa ardente, detonando daquela explosão. Agora ela gemia alto, bem alto, como ele gostava, e ele veio, em seguida, guinchando como um animal ferido, moribundo.

Depois ficaram um longo tempo absolutamente imóveis, suados e imóveis. Aí Lili teve dificuldades de entender o porquê daquele tesão repentino e daquele frenético ato de amor no chão do gabinete deserto de Próton Nogueira. Ela entrara envolta numa toalha, vinda diretamente do helicóptero. Caíra nos braços de Paulo, amigo há tantos anos. Nunca tinha pintado sexo entre eles. Lili achava o juiz muito sério, contido, quase formal. Além do que, casado.

Mas naquela hora em que ele pensava que estivesse morta e a viu surgir assim de repente na sala onde promovia uma minuciosa busca, não houve formalismo, nem sequer cumprimento. Caíram nos braços um do outro, num abraço que não tinha mais fim, e a seguir num amasso, por iniciativa dela, que transformou o seu beijo quase cândido de alívio e boas-vindas num interminável entrelaçar de línguas.

Só mais tarde Lili entendeu por que fora acometida naquela hora inconveniente – apesar das dores e do esgotamento –, daquele tesão tão irreprimível e devastador. Era uma forma de apagar a lembrança, ainda candente no seu corpo, do estupro de Estrôncio, da completa insensibilidade que lhe suscitara aquela pica de silicone, da morte que sentira no sexo.

Lili só se lembra que começou a beijar Paulo desesperadamente, no gabinete de Próton Nogueira, que ele ainda resistiu um pouquinho, assustado, e que, uns minutos mais tarde, estavam se amando no chão duro com carpete de borracha e que teve um orgasmo belo e limpo, digno de bem melhores circunstâncias.

Depois lhe ocorreram alguns pensamentos estranhos. Lembrou-se, por exemplo, que nalgum momento, durante a trepada, chegou a pensar que estivesse fazendo amor com Balduíno e isso lhe aumentara o tesão.

Paulo é que ficou completamente desconcertado e desorientado já naquela fase de torpor que segue o ato. Nunca vira Lili daquele jeito e se sentiu meio mal daquilo ter acontecido de modo tão inconveniente ao improviso, naquele local impróprio. Mas depois se conformou com a ideia de que se não tivesse acontecido ao improviso, num local impróprio, não teria acontecido.

Só esperava que nenhum dos seus homens tivesse percebido nada, se aquilo chegasse aos ouvidos de Balduíno poderia prejudicar a amizade dos dois. Paulo conhecia muito bem a paixão dele Por Lili.

— Que coisa louca essa que aconteceu com a gente, Lili!

— Foi bom pra você?

— Foi bom, mas foi muito louco... E pra você?

— Foi muito louco e foi bom. Consegui apagar aquela lembrança horrível. Se eu não fizesse isso rápido ia ficar o resto da vida com o trauma daquele monstro. Foi tão bom ter encontrado com você, Paulo. Amigo é pra essas coisas...

Paulo ia responder, mas se levantou e se aprumou todo, ouvindo a voz de Balduíno que, ressoando no corredor, pressagiava notícias de novo fracasso. Correram ambos em busca das roupas espalhadas pelo chão.

Balduíno bateu na porta e entrou acompanhado por Praxedes, com ambos ainda se arrumando, e teve de imediato a intuição do que ocorrera, sentiu a dor como uma estocada no peito, mas assimilou, e não teria deixado transparecer absolutamente nada não fosse a frieza com que cumprimentou Lili. Mas ainda pior que a suspeita de que Lili tivesse trepado com seu melhor amigo era a sensação de derrota que carregava, a expectativa de sua iminente queda em desgraça, depois de mais esse fracasso que custara a vida de dois homens da Metropolitana, um boina-negra do Ministério da Defesa, um minicóptero, uma lancha e uma arma "L". Até agora, Estrôncio ganhara todos os *rounds*.

Balduíno quase expulsou Lili do gabinete. De forma rude disse para ela sair e deu início à nova reunião com Paulo e o coronel Praxedes, que acabara de chegar do Rio de Janeiro.

— A autonomia do microssubmersível de Estrôncio sem os tanques sobressalentes é limitada, mal dá pra chegar ao litoral. A única alternativa possível para ele é desembarcar de noite e tentar fugir na direção do Rio ou de Santos. As estradas terrestres foram fechadas e toda região está sob redobrada vigilância. É uma questão de tempo, Balduíno.

— O Ministério reforçou sua participação na caçada, chegaram mais vinte dos meus homens para lhe dar apoio, inspetor. Como devemos distribuí-los?

— Senhores, acho que vamos jogar nossa última cartada Eu, pelo menos. Minha intuição, que aliás não andou funcionando, mas que é teimosa, me diz que Estrôncio não pretende fugir. Ele está no clímax do seu ciclo paranoico, em pleno surto. Tenho tanta certeza do que vai acontecer que nem estou muito preocupado com o controle de estradas e heliportos. Tenho certeza de que ele, depois de desembarcar, vem direto para cá, para os silos de Itaorna, vai querer provocar uma catástrofe radioativa.

— Então vamos reforçar a vigilância.

— Não, não, vamos retirar a vigilância. Vamos remover todas as sentinelas da proximidade dos silos e do Museu. Deixar alguns atiradores de elite emboscados em pontos estratégicos e eu próprio ficarei dentro do perímetro dos depósitos esperando esse filho da puta.

Paulo achou a ideia completamente absurda, mas não teve ânimo de tentar demover Balduíno, sobretudo depois da história com Lili. Seja o que Deus quiser, Balduíno pode até ter razão.

35

— Inacreditável! Ganhei uma partida de pôquer desse sujeito lá no Cometão, na semana passada. Parecia um simples executivo neurótico.

Luc, fascinado, não conseguia desprender o olhar do vídeo onde se sucediam com pequenos intervalos os flashes noticiosos a respeito da caçada humana no litoral sul-fluminense. Um mergulhador da Marinha encontrara, nos escombros da base submersa do inimigo público número um, a câmera de bolso da repórter Lili Braga. A câmera estava imprestável, mas o disquete fora salvo. E, assim, 150 milhões de telespectadores tiveram a oportunidade de ver e ouvir a palavra do maníaco da pistola "L". Na antevéspera ele já aparecera, em imagens de má qualidade, numa situação violenta e obscena. Agora surgia com toda a nitidez, no comando de sua nave, bem articulado e falador. Era inegável, o homem tinha carisma, tinha senso de humor e era, antes de tudo, um iconoclasta, um solitário contra tudo e todos. Luc estava impressionado.

Até poucos minutos atrás sufocava num poço de ansiedade, temendo por Lili. Mas acabara de ver, uns minutos antes, um flash onde a repórter, ainda enrolada numa toalha e à porta do helicóptero que a resgatara, resumia brevemente sua aventura (omitindo certos detalhes embaraçosos, como ele viria a saber mais tarde). Com Lili a salvo, Luc começou a curtir o lado lúdico e desportivo da coisa.

Que impressionante esse homem que desafiava tudo e todos em nome de um ideal delirante e ia levando às últimas consequências todos os seus impulsos. Um homem que vivia rigorosamente dentro dos seus próprios valores e que os expunha com uma brutal franqueza, que chegava a ser até engraçada Era uma espécie de cavaleiro andante, de templário, afirmava Luc, cada vez mais entusiasmado.

Lavínia primeiro teve um acesso de fúria. Achou uma completa cretinice o fascínio dele pelo assassino, homem cruel, sádico, sedento de sangue e morte. Uma espécie de monstro pré-histórico, um mamute do machismo, símbolo vivo de milênios de falocracia. Ainda desancava Luc aos gritos com sua voz rouca de fanchona sexy quando chegaram do banheiro onde ele se trancara com o sax – era seu hábito – os primeiros acordes de um solo que nos meses seguintes ocuparia lugar de destaque no *hit parade*. "Siliconpênis Forever".

Luc estava inspirado e o som vinha vigoroso pela porta do banheiro, fazendo vibrar as paredes. Deleu empinou as orelhas como um perdigueiro, escutou um pouco a música lá dentro, saltou ao banco da bateria e entrou forte no ritmo. Lavínia ainda reclamou, xingou, mas logo entrou também com sua voz grossa e dramática.

Sentados no sofá, como uma família muito unida, Pepe, Juvenal e Xuxu assistiam, numa das telas de Gardel, ao mesmo noticiário, na sala de estar do Olympus, ao qual o patrão voltara na véspera, resolvidos seus contratempos e mal-entendidos com a polícia. Pepe chegou com vontade de esganar Juvenal, traidor *hijo* da puta, mas se conteve. Decidiu baixar a poeira e se vingar no momento apropriado. Cumprimentou Xuxu com carinho. O rapaz se mostrara fiel nas horas difíceis. Sabendo que o patrão estava terminando seu depoimento na Metropolitana e ia retornar ao lar a qualquer momento, se despencou para a cidade velha, foi até o Lapa Palace, pegou Isadora e veio com ela de motocóptero, sem se dar o trabalho de desmontá-la. Depois, animadamente, contou como saiu andando com ela na rua, da porta do Palace até o heliporto da Glória. Como passearam juntos no Parque do Flamengo, ela regulada para um passo cadenciado e um leve balançar de quadris, com os homens todos deslumbrados, olhando para aquela ruiva linda e misteriosa. Xuxu, pela primeira vez, sentiu desejo por ela, mas soube se controlar.

Quando o patrão voltou, ela já estava na sua suíte junto com Valentino, mas Pepe deixou-os de molho e foi assistir aos noticiários. Também ele estava completamente envolvido, possuído pelo caso do matador que ele fortuitamente batizara de *El Siliconpênis*, denominação que virou o nome de código da operação policial desencadeada para capturá-lo e, depois, o apelido do bandido nos noticiários da TV e nas manchetes dos jornais.

SILICONPÊNIS ESCAPA NOVAMENTE!

Pepe continuava assustado, mas agora um pouco menos. Com toda a polícia nos seus calcanhares era improvável que o assassino quisesse ajustar contas com ele, afinal um personagem mais que secundário em toda essa história. Mas ainda assim lhe dava calafrios a imagem daquele homem que vira pela primeira vez, há dois anos, saindo do consultório do pobre dr. Naguib, e que agora atraía a atenção de milhões de pessoas.

Um novo flash do repórter Mike Fontourinha, pessoalmente no comando da equipe de reportagem da TV-3 Notícias, dava conta dos trabalhos de busca nos escombros da base do criminoso foragido. Mais dez contêineres de plutônio tinham sido recuperados nas últimas horas por homens-rãs da Marinha. Estavam aparentemente intactos. Descobriu-se que apenas uma parte dos explosivos colocados por ele havia detonado, e aqueles que deveriam propagar a cadeia de explosões para dentro do depósito de material físsil haviam falhado miraculosamente, para felicidade de toda a população do litoral sul-fluminense, que escapara por pouco de uma tragédia ecológica de proporções incalculáveis.

O dr. Plutarco Vaz, diretor-geral da Polícia Metropolitana, concedia breve e apressada entrevista ao repórter Mike Fontourinha.

—... é apenas uma questão de horas. Ele está cercado. A população pode ficar tranquila. Está tudo absolutamente sob controle...

— É verdade que o senhor destituiu o inspetor Balduíno do comando das diligências? É verdade que o senhor está em conflito aberto com o juiz de instrução? Afinal, quem está no comando das operações, atualmente, o juiz de instrução, o senhor ou o Ministério da Defesa?

— Sem comentários... sem comentários...

Pepe e Xuxu iam assuntando animadamente os lances. O que haveria por trás daquele quiproquó, daquela boataria? Corria o boato de que o dr. Plutarco Vaz demitira José Balduíno, sendo por sua vez destituído pelo governador, que ameaçara renunciar se não cessassem as pressões do Ministério da Defesa, que queria assumir diretamente o caso, alegando tratar-se de um problema de defesa nacional. Já o primeiro-ministro, consultado em Brasília na chegada de uma visita oficial a Pequim, Xangai, Hong Kong e Tóquio, para novos acordos com nossos aliados preferenciais fora do continente, se fechou em copas e negou-se a falar de um "assunto da alçada policial". As autoridades estaduais, em perfeita consonância com as federais, saberiam cuidar do assunto, frisou.

— Doutor Paulo Wolf, aqui ao meu lado, com grandes olheiras, indicando noites maldormidas. Por favor, meritíssimo, algumas informações para a TV-3 Notícias. Sabemos que o senhor tem como norma não revelar nada ligado à instrução, mas como deferência especial ao extraordinário papel desempenhado pelos nossos colegas da TV-3 Notícias, com risco da própria vida...

— Está bem, está bem, Fontourinha. Pergunte lá...

— Quem está chefiando as operações no litoral sul-fluminense?

— A emissão de mandados de captura e a decretação de prisões são incumbências desse juizado. No seu aspecto tático operacional, as ações continuam sob o comando do inspetor Balduíno, que trabalha em coordenação com o coronel Praxedes. Devo dizer que a harmonia entre justiça, polícia e Defesa Nacional é perfeita, sem que tenha havido nenhum problema apesar dos graves episódios ocorridos que causaram perdas fatais nos efetivos tanto da polícia quanto dos assessores militares.

— E o diretor-geral da Metropolitana?

— O dr. Plutarco veio apenas supervisionar as ações de busca, deve regressar ao Rio daqui a alguns minutos...

— Muito obrigado.

— Senão vou corrê-lo daqui com um chute na bunda — completou o jovem juiz, já fora do vídeo, sem se dar conta de que o áudio continuava ligado.

E continuou andando em direção ao portão do museu-usina, seguido por um enxame de repórteres e fotógrafos. Conseguiu entrar com alguma dificuldade, abrindo caminho entre a multidão de curiosos que se acotovelava no local e crescia sem parar. Caravanas de gente chegavam de toda parte até que algumas horas mais tarde a polícia começou a bloquear as entradas e foi interditado todo o espaço aéreo num raio de cem quilômetros à volta da usina. A polícia suspeitava de que o assassino continuasse na região e temia um massacre. A televisão repetia de cinco em cinco minutos apelos para que ninguém mais se dirigisse à zona do Museu. Inútil, a multidão engrossava sem parar, estimulada pelos boatos de que o inimigo público número um já havia sido preso. Todos queriam vê-lo.

— *El tipo ese todavia se vá transformar en un héroe* — comentou Pepe, se levantando do sofá.

Pepe não estava muito distante da realidade. Naquele mesmo momento, do outro lado da cidade, no último andar do espigão envidraçado da TV-3, a cúpula da emissora se reunia sob a presidência do próprio dr. Luben Pentkov, algo que só acontecia em situações particularmente graves.

— Sou de opinião que devemos suspender imediatamente todo trabalho de reportagem sobre o caso e nos limitarmos a breves informações nos noticiários normais, num tom sóbrio, sem imagens que excitem mais ainda o público. É a única maneira de deter essa loucura.

— Dr. Grudeson Viana, com todo respeito, o que o senhor está propondo vai contra os postulados do nosso telejornalismo. Desde o início desse caso estivemos à frente de todos, um furo atrás do outro. Perdemos um valoroso funcionário nessa batalha, não podemos agora partir para a autocensura.

— Mas, meu caro Edmilson Martins, trata-se de uma situação de emergência. Recebemos um apelo do governador e outro do chefe do Estado-Maior do Exército, general Carlos Prates. A cada minuto o fenômeno se agrava. Nossas linhas de tele e videofone estão sobrecarregadas, segundo seu terminal, até agora recebemos cerca de 35 mil chamadas de pessoas aprovando o maníaco da pistola "L". Quase o dobro das pessoas que nos ligaram reprovando-o.

— Mas isso não pode ser atribuído ao nosso noticiário, que é isento, perfeito. Há alguns dias, quando do enterro do nosso câmera, Vinícius Almeida, mais de 150 mil ligaram para se solidarizar com a rede e exigir a captura do criminoso.

— É, o que mudou foi a entrevista que aquela Lili Braga fez em pleno voo com ele. Foi a partir daí que começamos a receber chamadas apoiando-o. Foi aí que começou o problema.

— Mas como, senhores, como? O homem só disse besteiras, barbaridades. Atacou as instituições, pregou a destruição, o suicídio da humanidade, se revelou nostálgico de um programa energético que só trouxe prejuízos e problemas ao país e que foi condenado num plebiscito por quase noventa por cento dos eleitores! Defendeu o genocídio!

— Não importa o que disse, mas como disse — interveio o professor Ismael Katz. — Creio que não devo explicar aos senhores o bê-a-bá da nossa profissão. O homem foi afirmativo, incisivo, inegavelmente carismático, deu a ideia de ser portador de uma verdade, nesse tempo em que todas as verdades são questionadas. Veio trazendo o absoluto numa era do relativo. Conseguiu criar uma mística de coragem, de só contra todos, se colocar como um super-homem numa época em que somos todos normais, demasiado normais. Tenho aqui o estudo realizado por nossos psicólogos com auxílio de computadores das gravações das primeiras vinte mil chamadas que recebemos. Podem ser subdivididas da seguinte maneira, a grosso modo e sem prejuízo de um estudo mais profundo que faremos a seguir: quarenta por cento, aproximadamente, são homens de faixas etárias variadas quase sempre da categoria assalariada, colarinhos brancos e azuis, em geral, afeitos a atividades subalternas e com uma rotina de vida e trabalho pouco diversificada. Se identificam com o Siliconpênis porque "é macho", "é valente", e porque "está ganhando as paradas". Na maioria dos casos também há uma referência ao fato de estar "limpando a cidade" dos andróginos. Trinta por cento são mulheres, na maioria de meia-idade, mas também mais jovens, que poderíamos catalogar entre as "mal-amadas" e que se veem seduzidas pela masculinidade do assassino e também por seus atos de violência iniciais cometidos contra três andróginos, nos quais elas imaginam uma espécie de concorrência desleal, revoltadas com o destaque que os meios de comunicação e o mundo das artes têm dado a essa categoria relativamente nova, mas sempre crescente, de cidadãos (ou cidadãs, se preferirem). Outros 25 por cento são mais dificilmente catalogáveis. Uma grande parte telefonou por espírito de galhofa, ouvimos coisas do gênero "todo apoio ao Siliconpênis, que vai enrabar vocês todos". E muitas vezes o caso das pessoas mais jovens que ligam, até crianças. E há, finalmente, pouco menos de cinco por cento que o apoiam com um discurso lógico e coerente, solidário com suas ideias e concepções políticas. Trata-se, senhores, de um estudo feito às pressas e as percentagens estão arredondadas apenas para nos dar melhores subsídios.

— Muito obrigado, professor Katz. A sua pesquisa vem reforçar exatamente o que tenho proposto. Se amortecermos o noticiário, vamos fazer refluir essa febre, esse modismo!

— De maneira nenhuma, dr. Grudeson, no meu entender os dados apresentados pelo professor Katz vêm consubstanciar perfeitamente a minha posição, devemos manter o noticiário e a reportagem de forma audaciosa e ofensiva. Com o passar das horas as diferentes categorias que compõem os 95 por cento do universo estudado pela pesquisa refluirão, na sua maioria, graças ao aprofundamento do nosso trabalho jornalístico. A tendência é ficarem os cinco por cento irredutíveis, mas esses não têm jeito, já têm a cabeça feita.

— Acho completamente equivocada a sua análise, dr. Edmilson.

— Bem, senhores, gostaria de saber a opinião do professor Katz a esse respeito, ninguém melhor do que ele para concluir...

— Senhores, é difícil concluir para mim. É uma responsabilidade grande. Minha função é pesquisar e analisar as pesquisas, concluir é outro departamento. Na verdade, ambas as coisas podem acontecer. O Siliconpênis pode continuar conquistando uma audiência cada vez maior até se tornar quase um herói nacional, como teme o dr. Grudeson, ou pode se dar o refluxo dessa onda graças a uma melhor informação do telespectador, como sustenta o dr. Edmilson. É a velha discussão! Há décadas se discute e não se chega a conclusão nenhuma. Até que ponto realmente fazemos a cabeça das pessoas?

— Bem, estamos num impasse. Agora só o dr. Luben pessoalmente pode concluir o que é melhor para a rede.

— Ehen, Er, Argh... Já que vocês não conseguem chegar a uma conclusão, meus filhos, acho que o noticiário deve ficar como está. Mesmo porque há muito tempo não me divirto tanto. Quero saber como vai acabar, e saber em primeira mão, pelo noticiário do meu canal. Fico com a opinião do Edmilson, está mais dentro do nosso espírito, levei trinta anos construindo a nova televisão e não será porque os telespectadores estão excitados com um caralho de silicone que vou tirar do ar meus repórteres! O show deve continuar!

— Mas... dr. Luben...

36

— Meu general, é um dos fenômenos psicossociais mais desconcertantes que já presenciei. Soube agora que a TV-3, ontem, foi submergida de chamadas de pessoas manifestando admiração pelo renegado assassino. Temo as repercussões que isso possa vir a ter no público interno. Estrôncio não está sozinho, o último bolsão existe e pode recomeçar a crescer como um nódulo canceroso. O dr. Luben, pessoalmente, se negou a dar uma maneirada no noticiário. O velho está gagá. Me disse que há cinquenta anos não se divertia tanto e que ia continuar dando o noticiário, "com a mesma ênfase e isenção". Podemos acionar o Conselho de Ética das Telecomunicações, mas é uma decisão sempre a posteriori, e duvido que resulte em algo. A situação em Angra também é grave. Acabo de regressar de lá, a multidão não para de crescer e no meio daquela curiosidade há um "que" de simpatia pelo assassino. Querem que a polícia, ou nós, matemos o Estrôncio para que eles possam presenciar o espetáculo, mas ao mesmo tempo não deixam de simpatizar com ele e aplaudir cada vez que escapa. É um circo. Querem ver sangue, não se dão conta dos riscos. O homem ainda está na região e com aquela pistola pode provocar uma catástrofe.

— Coronel Praxedes, a essas alturas a questão é esperar. Não devemos nos envolver mais do que já estamos no caso, nem mandar novas equipes. A parte ostensiva das buscas deve sempre ficar a cargo da polícia. A propósito, como está a confusão lá entre eles?

— Bem, general, ontem à noite Plutarco Vaz veio destituir o inspetor Balduíno, que se recusou a sair do caso. Só aceita a demissão depois de capturado o assassino. Teve o apoio do juiz de instrução, e a demissão de Balduíno foi sustada pelo governador, que deu mais 48 horas para resolverem o caso. Se até lá não prenderem, vai demitir os dois. O Plutarco veio pedir meu apoio, uma interferência das autoridades federais, mas me recusei, mesmo porque o Balduíno é um policial competente, apesar dos erros que cometeu, e nosso entrosamento com ele é bom. Mudar agora é pior.

— Além do Estrôncio, quantos outros estão envolvidos? Quantos são esses Filhos da Luz?

— É o grande mistério. Tudo indica a existência de cúmplices, mas não se descobriu quem são. Parece que o dr. Paulo Wolf já andou avançando bastante nos interrogatórios, e a Saúde Pública na auditoria do Museu e dos silos. Está praticamente desvendado todo um esquema de tráfico de material radioativo para governos e movimentos extremistas de várias ideologias. Foi abortado o envio de uma remessa por via aérea para Chipre com um carregamento de trinta quilos de plutônio para os cipriotas gregos e separatistas armênios. Ia disfarçado de exportação de areia monazítica.

— Areia monazítica?

— É, general. O juiz de instrução já decretou a prisão de Próton Nogueira e quinze funcionários do Museu. Alguns já confessaram pertencer aos Filhos de Plúton, a rede de tráfico de material físsil, mas negam que a organização tenha enveredado pelo terrorismo e acusam uma dissidência, os Filhos da Luz, comandada pelo próprio Estrôncio. A dificuldade é que não sabemos quem são os seus cúmplices na dissidência. Próton jura que não sabe. Está muito deprimido, e o juiz colocou-o sob vigilância, pois teme que se suicide. Está espumando de ódio contra Estrôncio e parece tão interessado quanto nós em neutralizá-lo, mas não consegue apontar o nome de nenhum outro Filho da Luz.

— Estranho, tudo muito estranho, Amauri.

— Quem diria que viveríamos para assistir isso, meu general.

— A propósito, a Metropolitana me comunicou há pouco que chegou pela Interpol uma mensagem comunicando a prisão no aeroporto de um independentista armênio com passaporte marroquino vindo do Brasil num voo da Varig com uma pequena quantidade de plutônio. Se suicidou com uma pílula de cianureto ao ser preso pelos turcos. Um tanto imprudente. A embaixada turca protestou, estão apavorados, suspeitam que os armênios tenham conseguido algumas ogivas rudimentares e pretendem enviar comandos suicidas em caminhões para destruir cidades ou instalações militares deles. Como aquele comando xiita nos Emirados, em represália pela neutralidade dos países do golfo durante a última guerra com os judeus.

— Um horror, me lembro.

O coronel Amauri Praxedes bateu uma continência displicente para o seu superior e se retirou do gabinete. Deteve-se um pouco na antessala, olhando as luzes de Brasília vistas do Forte Apache, e dirigiu-se para o elevador. No heliporto aguardava-o um birreator supersônico Pelicano de decolagem vertical. Em meia hora estaria de volta a Angra para continuar as operações de busca. Agora estava tudo em compasso de espera, pelo rádio de pulso seus homens iam lhe enviando relatórios a cada meia hora. As buscas continuavam infrutíferas. Estrôncio Luz sempre sumido. Seu microssubmersível fora encontrado numa praia a trinta quilômetros de Paraty. Toda a região fora passada a pente-fino, sem resultado. *El Siliconpênis* se volatizara.

37

Uma brisa leve carinhosa mexia nas folhas das árvores e movia delicadamente a vegetação ao redor. Os raios de sol dardejavam através das folhas e chegavam à sua retina nos tons do arco-íris. O ruído da cachoeira e do rio correndo entre as moitas e o cascalho, o trinar de alguns passarinhos davam maior intimidade àquele local. O som dos cânticos, dos maracás, cadenciado, subia em direção às copas das árvores e se perdia nas montanhas verdes malhadas de musgo e rocha nua.

Findo o ritual da manhã, a saudação ao sol que já subia lentamente por trás da névoa, os homens e as mulheres se dirigiram para a roça para seus respectivos afazeres. Nando foi cuidar das abelhas. No seu conjunto branco de apicultor, com máscara de proteção e tudo, ele lembrava estranhamente um daqueles funcionários da segurança dos silos de Itaorna com sua roupa especial antirradiações.

Foi a primeira coisa que Lili pensou ao vê-lo despontar ao longe, voltando do colmeal, com um fumigador na mão e algumas abelhas mais persistentes zumbindo à sua volta.

Nando espantou as abelhas com uma baforada, tirou a máscara e correu para estreitá-la nos braços. Beijaram-se longamente.

— Meu bichinho, cheguei a ficar preocupado com você. Anteontem no trabalho senti que você estava em perigo, em sofrimento. Vi você no meio do mar feito sereia e perseguida por uma força maligna, muita destruidora, muito ameaçadora. Fizemos uma corrente bem forte para te ajudar espiritualmente, trabalhamos por toda a madrugada. A Pretinha foi quem viu com nitidez, disse "pai, tou vendo a tia Lili correndo por dentro de uma casa sem janelas, toda esquisita, atrás dela um homem com um facão grande, o mesmo que eu já vi na outra noite. Agora tou vendo a tia Lili no meio de um lago grande, sozinha com muito frio, mas o sol está nascendo e duas entidades muito fortes estão do lado dela velando. Iemanjá não quer ela na sua barriga, diz que a hora dela ainda vai demorar muito, e Ogum do litoral, santo guerreiro, está fechando seu corpo e protegendo a tia de todo mal". Eu não consegui ver as coisas com a mesma nitidez da Pretinha, há coisas que só as crianças conseguem. Mas senti você em perigo, vi mar, rochedos, monstros estranhos, mas vi Ogum, vi São Jorge te protegendo e fiquei mais tranquilo. No final do trabalho, com o efeito do yajé quase passando, eu disse para o outro: "Lili esteve em perigo, mas agora passou e ela virá até nós em menos de uma semana." Acertei.

— É, foi mais ou menos isso. Pensei em vocês e tive força. Teve uma hora que ia me afogar, logo depois que pulei, mas senti que a vida era mais forte. Bom, deixa pra lá, nem quero mais falar dessa baixaria, dessa loucura. As cidades tão cada vez mais loucas, mas ainda não consegui me animar a largar tudo e vir para cá, ficar com vocês. Minha vez ainda não chegou, estou apenas de visita por uns dias para descansar. Me deram uma licença especial, o sindicato praticamente impôs, a emissora acabou topando, afinal arrisquei a vida duas vezes em uma semana por eles. Queria ficar no caso até o fim, mas todos acharam melhor eu pegar uma licença. Além disso, quero fazer uns trabalhos com vocês para limpar meu astral, abrir caminhos e dar proteção a um amigo que está precisando.

— Quem? Zé Balduíno? Está mesmo precisando.

— E as outras coisas aqui?

— Vem que te mostro tudo, você vai gostar.

E foram andando de braços dados pelo vale. Orgulhoso, Nando ia exibindo as novidades: as hortas novas, recém-plantadas, o arrozal, a criação de cabras. Muita coisa mudara desde a última vez que ela estivera lá, há quase um ano.

Aquilo que ela, ironicamente, às vezes, chamava de comunidade agroespiritual, se expandira mais ainda com a chegada de novos adeptos. Já eram quase cem pessoas vivendo no vale e em áreas próximas, usufruindo das benfeitorias comuns: os coletores e geradores de energia solar, o sistema videofônico, a sala de cinevídeo, a enfermaria. Como aquela, milhares de comunidades, as chamadas fazendas solares, vicejavam pelo interior, brotando feito cogumelos depois da chuva.

As fazendas solares da região eram sofisticadas, a maioria dos seus integrantes ex-urbanos, embora houvesse uma boa proporção de campônios jovens, influenciados por estes. Ao contrário das levas anteriores que tentaram se estabelecer no campo, essa, do início do século, parecia ter dado certo, conseguindo uma boa integração entre ex-urbanos e camponeses, além de ter, ao contrário das outras, alcançado a viabilidade econômica e cultural. Aproveitando as lições de algumas experiências pioneiras do final do século passado, eles tinham estabelecido uma filosofia baseada em três pilares: agricultura alternativa, alta tecnologia e espiritualidade.

A produção de alimentos era toda ela à base de adubos naturais e defensivos biológicos. Cada unidade gerava sua própria energia através de coletores solares fotovoltaicos, nas regiões de acesso mais difícil. Todas elas eram informatizadas e interligadas entre si através da rede telemática rural e com acesso às outras redes nacionais e internacionais, o que possibilitava um bom fluxo de informação.

O credo era plural. Em algumas unidades se procurara recriar, com as necessárias mediações, a estrutura das tribos indígenas que, há séculos, tinham ali existido. Noutras predominava do austero catolicismo ao cristianismo primitivo do Santo Daime, passando pelo candomblé e pela quimbanda. Havia as comunidades ligadas a seitas hindus, zen-budistas, nipo-messiânicas.

Havia mesmo algumas orientadas por ritos marxistas-leninistas. Era o caso, por exemplo, da comunidade Enver Hoxa, uma austera fazenda coletiva perto de Ibiúna, São Paulo, formada por remanescentes de um partido com barulhenta expressão militante no século passado. Na impossibilidade de chegar ao poder, visto a incorrigível indolência dos nossos operários, nem ao governo, porque o seu coeficiente eleitoral nunca chegara a ultrapassar os 2,9 por cento, eles decidiram comprar uma fazenda e exercer o poder dentro da propriedade proclamada comuna popular. Seu guru era chamado de secretário-geral, e a sua plantação de legumes, famosa pela excelente qualidade dos tomates.

A comunidade de Nando, o Vale do Sol, era uma das que mais prosperavam, das várias que Lili conhecia. Ali se dera de forma particularmente harmônica a junção entre agricultura alternativa, alta tecnologia e espiritualidade.

Ali, Lili não sentia o tédio que costumavam lhe dar permanências um pouco mais prolongadas no campo. Tinha acesso a boa parte das facilidades culturais da megalópole, pelo menos no que dizia respeito à mídia eletrônica. Podia selecionar e assistir a qualquer filme, captar programas de TV de mais de cinquenta países, ter acesso a centenas de milhares de trilhas musicais. Mas nem isso fora, até agora, o suficiente para fazê-la ficar, apesar de saber que a vida lá era muito mais agradável e sadia do que na grande cidade.

— Sou viciada pelo Rio de Janeiro, como uma *junky* — explicava. — Preciso da orla marítima, da linha do horizonte.

Nando não desistia. Um dia ela vem. Larga tudo e vem, quando for a hora certa. Tudo tem sua hora certa. Quanto a ele, não tinha a menor vontade de voltar. Ia à megalópole duas ou três vezes por ano, passava uma ou duas semanas e voltava cada vez mais convicto. Mas não abandonara seu gosto pelas viagens. Nos dias e noites de trabalho com o yajé, viajava por regiões remotas do planeta, por existências pretéritas e futuras, por zonas inacessíveis do universo.

— Hoje à noite vamos fazer um trabalho reforçado pelo Zé Balduíno. Segundo Rovena, a nossa astróloga, que tirou no computador o mapa dele, nesses dias ele está atravessando o seu inferno astral, com um trânsito muito difícil. Olhando no cristal, vi a sombra da morte rondando, fortes tensões impelindo-o para uma descoberta terrível e um duelo de resultado incerto. Talvez possamos ajudá-lo com nossas energias. Contigo funcionou, mas às vezes não é possível, depende do carma da pessoa, de muitos fatores.

— Lá na redação, antes de sair de licença e vir para cá, procurei levantar o signo do Balduíno e o de Estrôncio Luz. Ambos são Escorpião e curiosamente têm o mesmo ascendente: Áries. Aí o

Fontourinha, que é a única bicha que conheço que não entende nada de astrologia, disse que pela lógica no duelo entre dois escorpiões era difícil ter um vencedor, era um duelo suicida.

RAMON

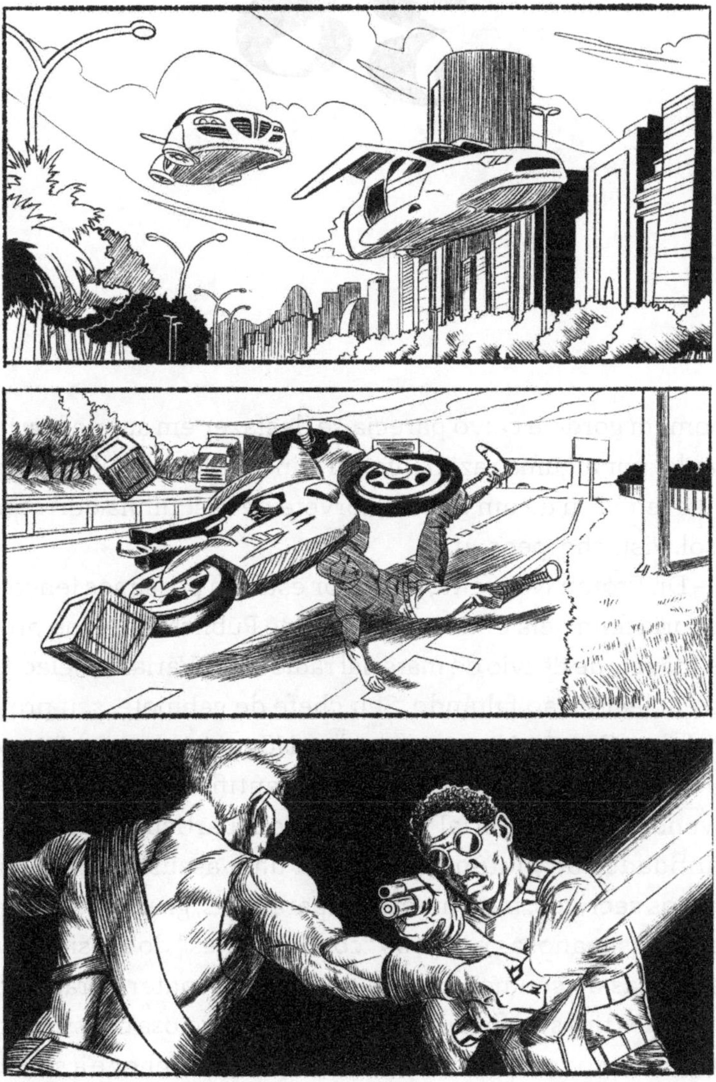

38

O homem gordo e calvo parecia se desfazer em suor e lágrimas e Paulo, por alguma razão infantil e inconsciente, olhando para ele, se lembrou de um grande sorvete de casquinha derretendo ao sol. Pistache, pensou.

— Dr. Próton Nogueira, o senhor está em péssimos lençóis, A auditoria feita pela Comissão de Saúde Pública detectou provas irrefutáveis de desvio de material radioativo. Várias toneladas de lixo nuclear estão faltando. Seu chefe de gabinete, seu próprio sobrinho, Gastão Nogueira, vulgo Nogueirinha, confessou o envolvimento do suposto círculo científico Filhos de Plúton na venda desse material radioativo, em particular, de grandes quantidades de plutônio-239, para uma assustadora lista de serviços secretos, movimentos separatistas, grupos terroristas, quadrilhas mafiosas e outros "comerciantes" do mesmo ramo, que, graças ao seu negócio, se dotaram de material radioativo para vários tipos de finalidades, desde a ambiciosa construção de artefatos até os envenenamentos simples. O senhor e a sua seita traficante foram cúmplices de atos terroristas, nos quatro cantos do mundo. O envenenamento radioativo da rede de água potável de Istambul pela aliança curdo-armênia, a famosa bomba atômica num caminhão na capital dos Emirados, a chantagem atômica da máfia colombiana, enfim, o senhor conhece bem melhor do que eu todos os crimes que cometeu e todos os problemas que causará à imagem do Brasil o anúncio da descoberta desses desatinos. O senhor certamente não é o único traficante de lixo nuclear do mundo, mas é um dos mais importantes e de mais amplo espectro. Vou indiciá-lo por genocídio, o crime mais sério do nosso código penal. O senhor pode pegar prisão perpétua facilmente. Se, no entanto, o senhor colaborar com a justiça, poderei enquadrá-lo apenas por apropriação indébita de propriedade do Estado, abuso de cargo público e peculato. O senhor pega uns três a quatro e sai em pouco mais de um ano, poderá talvez cumprir uma parte da pena em prisão domiciliar. Vai depender do seu grau de colaboração, é claro.

— M... Mas, dr. Paulo, juro que já lhe revelei tudo que sei. Confesso o comércio. Veja o senhor, transformei lixo nuclear inútil e incômodo para o país em fonte de divisas, ainda que num negócio de exportação não perfeitamente legalizado e sem pagar imposto. Trouxe para dentro do país milhões de dólares que serviram para estimular nossa economia. Indiretamente criaram empregos, benfeitorias. Que diabos lhe importa se alguns turcos morreram envenenados, ou se uma cidade dum paisinho de merda daqueles árabes explodiu? Se nós não tivéssemos vendido, outros o fariam. Há mais de vinte redes de comerciantes de material radioativo no mundo. O Brasil não pode ficar de fora. Meu erro foi não ter me esforçado para legalizar o negócio, mas o senhor sabe que o gabinete de coalizão dos social-democratas e verdes nunca aceitaria. Eles, no passado, foram responsáveis pelo grande crime da desnuclearização do país.

"Sei que errei. Dou a mão à palmatória e aguardo com serenidade aquilo que a justiça decidir, mas juro ao senhor, juro por tudo que é mais sagrado, pela saúde da minha mãezinha, com seus 85 anos, e pela vida da minha filha, que eu nunca tive nada a ver com os crimes do Estrôncio e em nenhum momento os Filhos de Plúton, enquanto círculo científico e empreendimento, tiveram a menor intenção de enveredar pelo terrorismo. Também a nossa propalada ligação com o último bolsão é uma invencionice da imprensa. Aliás esse bolsão não existe, é apenas um estado de espírito nostálgico de algumas pessoas.

— Você quer me convencer de que Estrôncio Luz age sozinho, sem cúmplice, que construiu sozinho aquela base sofisticada, que sozinho conseguiu interferir em sistemas videofônicos da rede de TV, se dotar de um lança-mísseis, de um minissubmarino e de uma pistola laser? Pretende convencer-me dessa cretinice? Acha que sou burro?

Agora o sorvete derretido soluçava e estava de joelhos diante de Paulo Wolf, irritando o juiz de instrução, que o puxava para cima pelo colarinho.

— Juro, dr. Paulo. Juro que nada sei. Vou lhe contar tintim por tintim para que o senhor possa checar a veracidade das minhas palavras. Estou disposto a me submeter a um detector de mentiras para que o senhor acredite em mim.

— O senhor sabe muito bem que o uso do polígrafo não é permitido pela legislação brasileira...

— Está bem, mas vou lhe contar tudo que sei. Tudo começou em 2005, ano da desativação e do plebiscito. As duas usinas foram fechadas, não havia o que fazer com elas, foram transformadas em museu. Angra 1 já estava quase no final da sua vida útil, mas Angra 2 ainda tinha bem uns dez anos, mesmo assim resolveram desativá-la depois daquele grande vazamento no circuito primário. Para não agravar o desemprego na área técnica, decidiram aproveitar alguns funcionários na administração do Museu. E na saída do interventor, fui nomeado diretor do Museu e do polígono dos silos. Nessa época também foi formado o círculo científico pró-nuclear que alguém, folcloricamente, chamou de Filhos de Plúton, e o apelido pegou. Defendíamos a continuidade do programa nuclear, sua expansão e a necessidade da construção das bombas atômica e de hidrogênio para dar ao país o status de grande potência. Fomos vencidos pela avareza e incompetência dos nossos governantes, preocupados apenas em educação, agricultura, obras sociais, saneamento, tecnologia soft, essas coisas de menor importância frente aos desígnios de grandeza de uma nação.

"Foi numa reunião do círculo científico que apareceu esse rapaz, o Estrôncio, que alguns anos antes fora reformado do Exército por problemas mentais e injustamente envolvido num escândalo, uma história enrolada, calúnias. Ele veio através do próprio doutor Celsius, que, meses depois, morreu de câncer. O rapaz gozava da estima de Celsius e trabalhava numa dessas firmas de segurança, não me lembro mais qual. Se sobressaiu nas reuniões, pela energia com que defendia a necessidade da construção da bomba brasileira. Gostei dele e o convidei para chefiar a segurança do Museu e dos silos. Durante uns dois anos foi um funcionário exemplar. Nunca chegou atrasado, nunca permitiu a menor falha no dispositivo, era respeitado por todos e transformou a nossa precária segurança, de apenas vinte homens, num grupo coeso, aguerrido e bem treinado. Quando os nossos negócios de exportação começaram a se ampliar, ele me acompanhou frequentemente, inclusive em viagens ao exterior. Mas nunca manifestou qualquer interesse maior nos negócios, além do que não falava nenhuma outra língua. O único reparo que fiz a ele foi uma certa tendência a querer sempre ganhar. Durante os jogos de futebol de salão lá no Museu, ele várias vezes se aborreceu e chegou a agredir outros funcionários e uma vez mandou para o hospital um que zombou dele. Mas me pareceram defeitos secundários diante das suas virtudes de lealdade e discrição.

"Ele realmente começou a ficar estranho há coisa de uns dois ou três anos para cá, não me lembro bem. Foi na época que teve aquela moda dos conjuntos andróginos. Ele ficava indignado, dizia que o hermafroditismo era uma questão de eutanásia, começou a ler uns livros sobre eugenia, purificação da raça e sustentar que a degenerescência da nação começava aí com o enfraquecimento da sua virilidade. Um discurso meio extremado, embora contivesse, na minha opinião, certos elementos válidos.

"Aí teve o negócio da operação, um episódio até hoje mal explicado. No Museu ele comunicou que ia operar uma hérnia, coisa que surpreendeu a todos, porque ele sempre esbanjara saúde e ainda, dias antes, tivera uma atuação espetacular no vôlei na vitória do time do lixo atômico contra o do pessoal do Museu Nuclear. Era difícil acreditar que aquele homenzão que subia pra cortar com tanto ímpeto e pegava bolas quase impossíveis tivesse uma hérnia.

"Aí começaram, não lembro bem como, certos rumores de que ele realizara uma operação para curar impotência e que os cirurgiões tinham lhe instalado um pênis artificial. Virou um folclore no Museu, as pessoas riam dele, cochichavam pelas costas, claro, pois ninguém ia ter coragem de enfrentá-lo. Eu nunca quis me meter no caso, pois para mim era apenas um bom funcionário e ponto final, não me interessa como é ou deixa de ser a sua piroca, com perdão da expressão chula, meritíssimo.

"Bem, o homem começou a ficar alterado desde aquela época. Se tinha algum problema, a operação deve ter piorado. Uma vez, numa viagem de negócios a Manila, criou um incidente num prostíbulo e terminou preso, foi preciso o consulado intervir e pagar a fiança. O homem ficou mais agressivo, treinava como um obcecado, como se estivesse prestes a partir para uma guerra: tiro, caratê, demolição submarina, pilotagens de naves de combate, o diabo. Nas reuniões começou a ficar inconveniente, fazer propostas absurdas, queria espalhar material radioativo no bairro gay de São Paulo, loucuras assim, propôs até investirmos bilhões para construir um artefato! Mas a tendência era não o levar muito a sério. A coisa, no entanto, foi piorando. Até a mim, seu protetor, o homem que o contratou, que o fez enriquecer, ele passou a desrespeitar, me chamando de fisiológico e mesmo, certa ocasião, de traidor do atomismo, o que me ofendeu muitíssimo. Ficou praticamente impossível reunir o círculo científico na sua presença, vinha com propostas absurdas, questionamentos, desrespeitava companheiros. Deixamos de fazer reuniões por causa dele. Virou um transtorno. Continuei, no entanto, a mantê-lo dentro dos negócios, já por medo de qual poderia ser sua reação se sentisse que eu desejava descartá-lo. O homem é violento e eu passei a temer pela minha vida.

— Em que época Estrôncio construiu a base, quem o ajudou e por que o senhor não quis nos dar a localização dela?

— Foi alguns meses depois da operação, na época em que ele já estava começando a ficar pinel. Disse que precisávamos construir uma base fixa para mergulho e pesca submarina, me limitei a liberar alguns milhões do caixa dois. Na época tínhamos tanto dinheiro que nem sabíamos o que fazer com ele. Foi logo depois de um grande negócio, já nem me lembro qual, acho que foi o dos líbios. Bem, achei que aquilo iria acalmá-lo, uma espécie de terapia ocupacional. Liberei a verba. Ele realizou a obra com dois técnicos japoneses e mão de obra filipina, uns dez a 15 operários acostumados a construções subaquáticas. Trouxemos todo mundo de avião. Durou uns dois meses, tempo recorde. Quando estava pronta, eu e meu sobrinho fomos convidados. Ele nos levou até lá e apresentou, com orgulho, dizendo que era um abrigo atômico. Achei aquilo meio absurdo, mas fiquei impressionado com a obra. Não me lembro dos detalhes, fomos na nave dele, de noite. A impressão que tive era que íamos pousar no mar. O japonês era um mestre em camuflagem. A ilha era totalmente invisível e eu realmente não sabia com exatidão sua localização. Acredite, meritíssimo.

"Mas voltando ao caso, quando começaram aqueles crimes da pistola 'L' eu fiquei um pouco com a pulga atrás da orelha, me lembrava de Estrôncio, nas viagens que fazíamos ao exterior, sempre tentando saber como poderia conseguir uma arma dessas, chegou a me dizer que precisava comprar um lote de seis para reforçar a segurança. Achei absurdo. Com um armamento desses dava pra travar uma guerra. Não cheguei a saber se ele comprou ou não. Estrôncio ganhou muito dinheiro comigo nos negócios. Continuava morando no seu pequeno alojamento e na ilha, durante os fins de semana. Ao contrário de nós outros, que compramos fazendas, apartamentos de requinte no Rio e em São Paulo, sítios no litoral, viajávamos muito para o exterior, ficávamos nos melhores hotéis, Estrôncio continuou austero como um espartano. Nunca soube o que ele fazia com o seu dinheiro. Mas quando começaram a morrer aqueles andróginos, fiquei preocupado, sobretudo o segundo, no cassino do Minas Gerais. Eu sabia que Estrôncio gostava de jogar cartas lá. Mandei revistar o seu alojamento e não acharam nada de especial. Cheguei a levá-lo junto comigo para o enterro daquele cinegrafista, filho do meu dileto e falecido amigo o ministro Gustavo Almeida, para ver se notava alguma reação nele. No enterro estava normal. Ficou meio esquisito foi no voo de volta no Cometão, perdeu uma partida de pôquer e se mostrou muito irritado no contato que fizemos com aquele rebelde armênio, que acabou preso e se suicidando na Turquia ao voltar. Recebemos uns dólares dele, Estrôncio estava furioso, me insultou, disse que eu era corrupto, perdi a calma com ele. Acabou fazendo uma extravagância bem do seu feitio: se atirou lá de cima com o seu equipamento de para-asa e voou direto para a base. Aí as coisas se precipitaram: foi matar o dr. Naguib, sequestrou a repórter, foi descoberto, os senhores vieram até aqui, ele conseguiu escapar novamente, e agora eu vou virar o bode expiatório dessa história toda.

— O senhor vai apenas pagar pelas suas próprias culpas no cartório, que o tribunal saberá avaliar. O senhor não respondeu à minha dúvida maior: quem são os cúmplices de Estrôncio, quem são os outros Filhos da Luz?

— Nunca vi ninguém concordar abertamente com ele, nas questões de fundo, durante as nossas reuniões. Estrôncio não é ideólogo, é um operacional. Suas ideias são loucas e confusas, pra segui-lo só outro louco igual. E o círculo científico, durante esses anos, foi se depurando, graças ao esforço que fiz. Foi adotando uma ideologia moderna de empresa, visando antes de tudo ao lucro. Vendemos, ou melhor, desculpe, meritíssimo, vendíamos material radioativo pra quaisquer empreendimentos ou facções interessadas sem nenhuma discriminação. Na cúpula da organização, no Conselho de Elétrons, só temos gente séria, homens de negócio com os pés no chão.

— Quais são seus homens de confiança na equipe de segurança da usina e dos silos? É óbvio que é aí que ele deve recrutar seus seguidores.

— Até onde eu sei ele brigou com todos os seus subordinados, há um tempão. Impunha treinamentos loucos, perigosos, botava a rapaziada pra acordar todo dia às cinco da manhã pra fazer artes marciais. Ninguém mais o suportava. Queriam mordomias, sombra e água fresca, um lugar bonito no litoral, um bom salário, vida mansa. Não havia nenhuma ameaça concreta contra o Museu e os silos, durante anos fomos totalmente esquecidos. Mas não, Estrôncio esfolava a rapaziada. Pediam demissão, baixavam na enfermaria, tinham crises nervosas, um tentou matar Estrôncio, que o desarmou e quebrou seu braço. Uma loucura!

"Aí fiz o seguinte: deixei-o nominalmente como diretor-geral de segurança, mas o destaquei para a montagem dos serviços de alarme, detecção eletrônica e sistemas informáticos. Ele tinha feito um curso avançado e nisso ele era bom. Era a única forma de mantê-lo quieto, ficava dias fazendo jogos de guerra eletrônicos. Acho que ele já simulou todas as guerras possíveis do planeta e já ganhou todas elas. Bem, isso tudo pra dizer que até onde sei Estrôncio não tinha amigos entre a turma da segurança.

— Mas, Próton, seja lógico. É inverossímil que o homem não tivesse amigos. Qualquer gambá tem amigos.

— Eu era amigo dele, e veja o que ganhei com isso. O outro amigo que ele tinha era o meu sobrinho, o Nogueirinha, esse sujo.

— Já interroguei o Nogueirinha antes do senhor e devo admitir que a maior parte das informações estão cruzando. A única coisa que ficou faltando no seu depoimento, e me pergunto o porquê, é a juventude atomista. Os *megaton boys*.

— O que ele disse?

— Quem faz as perguntas aqui sou eu!

— Certo, meritíssimo, certo. Só sei que foi um grupo de garotos, alguns filhos de funcionários que se educaram aqui, uns três ou quatro, fizeram reuniões com o Nogueirinha, meu sobrinho, aquele pulha. Talvez tenham estado com o Estrôncio alguma vez. Sim, sim, acho que tiveram uma reunião. Estrôncio me disse que estava organizando a juventude atomista. O Conselho de Elétrons desaconselhou. Aí o Nogueirinha abandonou a ideia e Estrôncio... Bem, não sei se ele chegou a se reunir com eles de novo. Eles não moram aqui, mas no Rio de Janeiro, na Cidade Nova.

— E o nome deles você não saberia, por acaso?

— Não, meritíssimo. Mas o Nogueirinha saberia.

39

O rugido do helicóptero se perdeu atrás do morro, o vulto se levantou da moita e rastejou até uma árvore. Escondeu o corpo atrás do tronco e ficou olhando com um binóculo a estrada, a quase quinhentos metros dali. Pelas lentes do infravermelho, a estrada estava quase clara, vultos de policiais de costas se afastavam até sumir na curva.

Ele se levantou e entrou na mata. Marchou dez minutos por uma picada, em constante subida íngreme, até chegar a uma clareira de onde se ergue um paredão de pedra. Tirou do bolso uma caixa preta, pouco maior do que uma caixa de fósforos, e provocou um ruído metálico no paredão, a poucos metros dali. Atrás da vegetação rala se abrira uma portinhola estreita.

O vulto deu uma risada seca e disse:

— Abre-te, sésamo!

Esgueirou-se pela passagem, que se fechou novamente com um ruído de engrenagens bem azeitadas.

Lá dentro ele atravessou um corredor apertado e se viu numa sala redonda de cerca de quatro metros de diâmetro, com um beliche, uma mesa, um armário de ferro, uma quitinete e um banheiro, cuja porta entreaberta permite ver uma pia e um vaso sanitário. Ele foi nessa direção já abaixando as calças no caminho. Ia passando pela porta quando um braço forte, ligeiro e cruel como uma garra de ferro o agarrou pelo pescoço, suspendeu-o e atirou-o no chão, de volta no meio do quarto. Apavorado, com as calças na mão, ele gritou:

— Não, general, não! Sou eu, Silvano!

Estrôncio Luz apontava sua pistola "L", com os olhos faiscantes.

— Seu imbecil, quantas vezes mandei você dizer a senha, na hora de entrar no abrigo!

— Cogumelo dourado, cogumelo dourado! Desculpe, general, eu estava com vontade de cagar e não vi ninguém no quarto, pensei que estivesse vazio. Aliás, a vontade tá ficando pior.

Quando ele voltou do banheiro, Estrôncio já estava mais calmo, sentado à mesa com duas canecas de café.

— Fiz café pra gente, rapaz.

— Obrigado, general. Muito obrigado. Vim aqui fazer o contato, pois soube da destruição da base, da sua fuga, e imaginei que podia estar aqui. A região está infestada da Guarda Municipal, Metropolitana, fuzileiros. Uma loucura, quase fui preso.

— Burro! Você devia ter ficado quietinho no seu canto, não tinha nada que ter vindo aqui.

— E a operação?

— A operação eu faço sozinho, não preciso de vocês, tenho poder de fogo suficiente. Além do mais, é possível que eu morra durante a batalha, alguém tem que manter a chama acesa.

— Mas, general, não seria melhor recuar taticamente, recompor as bases, tentar aumentar nossos efetivos antes de passar para a ação?

— Débil mental! Então você ainda não se deu conta do que aconteceu? Fomos descobertos! As traficâncias daquele crápula do Próton já devem estar expostas. Não tenho mais acesso aos silos. O único material radioativo que nos resta são esses vinte quilos de plutônio. Todo o acervo, toda a herança do atomismo, encontra-se ocupado pelos inimigos do átomo nuclear. É o fim da linha.

— Mas podemos limpar por outros meios. Temos as armas "L". Em vez do grande golpe atômico, podemos multiplicar os pequenos golpes de mão, como os que o senhor andou fazendo contra os andróginos.

— Isso foi quase um hobby. Os nossos planos são muito maiores. Pensamos grande. Só há duas coisas a fazer, dois grandes golpes possíveis. Os planos estão prontos.

— Mas, general, não há tanta pressa, estamos crescendo, a sua popularidade está subindo em flecha, o senhor é um herói nacional, a televisão o consagrou.

— Mas por isso mesmo! Temos que aproveitar, agora, a crista da onda. Daqui a uma semana todo mundo já esqueceu, já estarão pensando num outro assunto. Tem que ser algo fulminante, esses dias. Nas próximas 48 horas. Eu prometi, pela TV, devo cumprir. Eles ocuparam nosso acervo, nosso território. Não tem problema, herdarão uma imensa região radioativa pelos próximos 24 mil anos, onde só cobra criada, gente munida de roupa antirradiações, poderá andar. Golpeamos aqui e golpearemos também no Guandu. Umas pitadinhas de plutônio na rede de abastecimento do Rio de Janeiro. Quero ver o pânico. Quero ver o cagaço, quero ver o rebuliço! Aí quem sabe poderemos assistir a uma tomada de posição e um soerguimento das forças vivas, mas adormecidas, da nação. O momento é agora. JÁ!

— De acordo. De acordo. Que devo fazer?

— Silvano, volte ao Rio, reúna os outros, leve essas duas caixas de plutônio e, exatamente às cinco horas da manhã de depois de amanhã, despejem o conteúdo no local assinalado pelo croqui que fiz na nossa penúltima reunião. Às três em ponto eu já terei explodido os silos de Itaorna.

— Mas o senhor pretende fazer a ação dos silos sozinho? Não seria melhor algum de nós o acompanhar?

— Não. Quanto mais gente, maior a probabilidade de detecção. Conheço bem o sistema, é bem sofisticado, fui eu que montei. Além disso, dou conta do recado sozinho, eu e minha espada de luz, vocês todos ainda estão muito verdes, muito mal treinados. As coisas se precipitaram, temos que agir antes do tempo.

— Está bem, general. Suas ordens serão cumpridas. A luz vem das trevas, a verdadeira luz é a de Plúton. Adeus...

E Silvano Gema, subelétron dos Filhos da Luz e dirigente da juventude atomista, saiu por onde veio, com as duas caixas de chumbo, deixando Estrôncio sozinho, pensativo. Estava chegando a hora.

40

Silvano foi andando no escuro pela vegetação rasteira. As duas caixas de plutônio pesavam horrivelmente. Mas conseguiu chegar até a estrada. Escondeu-as atrás de uma moita e marcou bem o ponto da estrada onde tinham ficado. Numa curva fechada, no início de uma descida em garganta que no final se abria para a vista do mar. Quilômetro 153 da Rio-Santos. Andou quase dez minutos até o ponto que tinha escondido sua moto, no acostamento, coberta por uma camuflagem de plástico cheia de grama artificial. De noite, estava perfeita.

Descobriu o falso gramadinho, levantou-o e escondeu-o mais em cima, lá onde começava a vegetação. Ligou a máquina e saiu, silenciosamente. O motor da Honda 3000 turbo lembrava a passagem distante de um jato.

Chegou até o ponto onde escondera as caixas, com alguma dificuldade colocou-as no bagageiro e deu a partida novamente.

A estrada veio serpenteando a mais de duzentos quilômetros por hora, o tráfego raro e o policiamento mais relaxado que algumas horas antes. Na entrada para as antigas usinas havia um bloqueio da Guarda Municipal. O guarda sonolento mandou parar, examinou o documento da moto, viu os de médico que Silvano lhe estendeu, devolveu-os, tocou com a ponta dos dedos na aba do quepe:

— Pode seguir, doutor. Boa viagem...

Na entrada de Angra a cena se repetiu, sem contratempos. Dali para a frente a Rio-Santos estava desimpedida e Silvano fez uma média de 230, um furacão assoviando no plexiglas do capacete e o asfalto com suas linhas amarelas fosforescentes, contínuas e denteadas voando à sua frente, a motoca no automático com um computador de bordo mudando as marchas, orientando as curvas. Já na altura de Pedra de Guaratiba, Silvano desligou o automático e reduziu a velocidade, alguns minutos depois descia o morro e entrava nos bairros do Novo Rio. Eram cinco horas da manhã, as avenidas quase vazias e um amanhecer magenta prometia céu de brigadeiro.

Silvano parou num edifício de fachada totalmente pintada simulando vegetação, uma montanha coberta por mata rasteira, mas com a inconveniência do formato: um imenso cubo. Sempre achou aquele edifício um horror, preferia o de seu pai, todo negro fumê, odiado pela inteligência novocarioca. A mãe, que tivera a infeliz ideia de morar naquele poleiro de minhocas, como ele gostava de dizer, fora viver em Nova York e lhe deixara o apartamento. E apartamento dado de alto luxo não se olha os dentes, nem se implica com as fachadas. Silvano entrou na garagem, acionando o remoto, e deixou a moto estacionada com as duas caixas de chumbo no bagageiro.

"Se alguém roubar é que vai ser engraçado", pensou.

A ideia começou a flertar com os seus receios. Na estrada, a duzentos quilômetros por hora, se sentira completamente capaz de fazê-lo pela causa, mas agora, na garagem, no elevador, na soleira da porta, no carpete da sala, no chuveiro e depois, olhando o rosto no espelho, sentiu as dúvidas corroendo o espírito, e o medo rastejando nas tripas.

Ficou olhando sua cara no espelho, seus olhos azuis muito claros, de aquarela, seu cabelo curtinho com uma vírgula caída na testa, seu bigode bem cuidado. Seu corpo comprido, peludo, as costas um pouco curvadas, os bíceps rijos e saltados.

Uma coisa era deblaterar numa reunião, desopilar o fígado execrando a mediocridade, a anarquia, a decadência do país, a renúncia ao grande desígnio de superpotência, a permissividade, a podridão nas mais variadas formas. Sonhar com o renascer do atomismo. Também era bom treinar com armas ultramodernas, e aprender artes marciais com Estrôncio, sem dúvida um grande instrutor. Os quatro estavam virando um bando de motoqueiros realmente barra pesada, de deixar no chinelo aqueles Hell's Angels do passado. Estrôncio também acenara com viagens ao exterior, aventuras em países exóticos, onde a civilização branca ainda não se firmara, onde seres inferiores de outras raças e culturas se digladiavam e pereciam em ondas de violência e fome. A convivência com Estrôncio estimulava virtudes viris, o espírito de camaradagem, o companheirismo d'armas. Mas de repente a coisa tinha começado a ir longe demais. O general, o elétron-chefe, passara da teoria à prática, desencadeara o processo de eutanásia social, fora rapidamente descoberto pela polícia. Agora estavam todos a um passo da encrenca muito séria.

Silvano tomou a decisão. Ia falar com os outros, mostrar-lhes os riscos. Iam se desfazer daquelas duas caixas. Vestiu-se novamente e chamou Cássio pelo videofone.

— Estamos todos aqui, esperando você — disse o outro assim que o viu surgir na tela. Cássio era ansioso e sua voz denotava tensão, seus olhos piscando muito.

— Vou já pra aí. Estive com ele, mas precisamos conversar.

Desceu de volta para a garagem, montou na moto e saiu em disparada pelas ruas ainda desertas. Notou que o tempo nublara de repente, apesar das promessas do alvorecer laranja.

O apartamento de Cássio distava uns poucos quarteirões dali. Era um espigão de trinta andares, daqueles modelos antigos, quando ainda era moda e dava status morar alto. Deixou a moto com sua carga parada no meio da calçada. Novamente desejou, secretamente, que alguém roubasse as duas caixas. Identificou-se junto ao porteiro automático e subiu para o vigésimo sétimo andar.

Cássio abriu a porta. Vestia um roupão de seda negro com um minúsculo átomo cerzido sobre o coração. Era alto, loiro, bem constituído. Lembrava um pouco, mais pelo físico do que pela cara, a estátua de Davi, de Michelangelo. Seus olhos eram de um verde agressivo, mas não chegava a intimidar. Mais assustadores eram seus lábios finos que deixavam transparecer um quê de perversidade. Seu sorriso era meio desagradável, embora os dentes fossem perfeitos. Tinha uma cicatriz em forma de meia-lua na maçã direita. Costumava dizer que aquilo fora uma facada, mas Silvano sabia que tinha sido um tombo de bicicleta. Cássio era o mais fanfarrão dos quatro.

Celsius estava, como de costume, esparramado no sofá. Silvano adivinhou que era o único que tinha conseguido dormir durante a sua ausência. Cumprimentou-o com um tapinha nas costas, sentindo seu mau hálito matutino. Além disso, ele cheirava a suor, sua camisa estava aberta e o ventre saltado. Apesar de toda a física que malhava. Celsius Mabuse Júnior não conseguia perder a barriga, mas, em compensação, era forte como um cavalo.

Num corpo a corpo, seria capaz de quebrar ossos de qualquer um dos três. Sua cabeça era pequena, meio desproporcional, parecida com a do seu falecido pai. Isso não impedira o velho de ser considerado um gênio da física. Ele não herdara toda essa capacidade, mas estava longe de ser burro. Dos quatro, era quem entendia de teoria.

Sentado na poltrona reclinável, Ramon dava a impressão exatamente oposta: olhos fundos, brilhantes, febris, olheiras, uma cara tensa de quem não conseguira dormir um minuto sequer daquela longa noite depois que Silvano fora a Angra tentar restabelecer o contato. Silvano pensou que ele devia ter passado a noite e a madrugada toda mexendo nas armas. Em cima da mesa à sua frente um autêntico arsenal, dois revólveres .38, duas pistolas 9 mm, uma submetralhadora Uzi, cinco granadas defensivas, duas de gás lacrimogêneo. E no armário do quarto de Cássio, a caixa com cinco pistolas "L" desmontadas que Estrôncio Luz trouxera. Eles estavam proibidos de mexer nelas, pois ainda não tinham recebido o necessário adestramento. A ansiedade de todos para se iniciar no manejo daquelas novas armas era enorme, mas a autoridade de Estrôncio ainda maior. Ninguém até agora ousara sequer tirá-las do estojo. Tinham ficado ali no apartamento de Cássio de sobreaviso, preparados para a hipótese de realizarem alguma ação de resgate para salvar o chefe, segundo a fantasia da véspera, enquanto acompanhavam o noticiário do cerco em Angra. Mas as instruções que Silvano trazia eram diferentes.

— Olha, pessoal, precisamos discutir a questão muito seriamente. Me encontrei com o chefe. Ele tava meio irritado, quase me fulminou na chegada, esqueci de dar a senha. Ele está pretendendo antecipar todo o plano e partir para uma contraofensiva imediata. Acha que temos que responder, agora mesmo, à descoberta e destruição da nossa base naval e aproveitar o *momentum* causado pela sua entrevista. Então ele planeja atacar sozinho os silos e o reator do Museu e provocar a irradiação de toda aquela região. Se o Museu e os depósitos não serão nossos, não devem ser de mais ninguém. A ideia é essa. E não quer que a gente vá junto, prefere realizar a operação sozinho.

— Por quê? Isso é meio estranho. Não foi você que tirou o corpo fora?

— Não, ele argumenta que é mais fácil entrar lá sozinho, acha que nós não temos nível para participar desse tipo de operação. Mas pera aí, deixa eu terminar. De todo o acervo radioativo de que dispúnhamos, só sobraram duas caixas de dez quilos de plutônio, que ele me passou para que a gente jogue na Adutora do Guandu, contaminando as águas e criando um clima propício ao despertar das forças vivas adormecidas. Apenas acho, e gostaria de discutir com vocês, ambas as operações muito mal preparadas, mal discutidas, precipitadas e o risco muito grande de dar tudo errado.

— Você está pondo em dúvida a capacidade e planejamento do chefe?

— Não é bem isso. Apenas acho que o general está meio iludido. Confunde a repercussão da sua entrevista com uma adesão à causa que ainda está para ser provada. Subestima a gravidade da perda que sofremos: a destruição da base e a perda do acesso ao Museu e aos silos. A operação dele talvez tenha uma certa lógica, mas a nossa é uma loucura. Se contaminarmos a água do Rio de Janeiro, vamos beber o quê?

— Nem vai haver contaminação! Plutônio não é indicado, melhor seria estrôncio-90, iodo radioativo, césio-137 — Celsius tentou teorizar, mas foi interrompido por Ramon:

— Companheiros, as ordens são muito claras, não há o que discutir! Esse negócio de "o que vamos beber?" é baboseira.

Vamos beber água mineral, é claro! Já discutimos essa operação várias vezes como plano de contingência. O objetivo não é tanto provocar baixas na massa acomodada, ignara e mal votante, como desencadear uma onda de pânico que aja como elemento catalisador e senha para o despertar das forças vivas, mas adormecidas da nacionalidade.

— Mas nós não temos nenhum dado a respeito disso, não sabemos quem são, quantos são os outros. Qual o poder de fogo desse último bolsão.

— Você está pondo em dúvida a palavra do chefe?

— Não, mas sei, por exemplo, que ele disse para o Nogueirinha que a juventude atomista tinha quatrocentos jovens perfeitamente armados e treinados, e até onde sei a juventude atomista somos nós quatro.

— Deve haver outros núcleos, é certo, você não conhece porque é tudo muito estanque. Ou você acha que só porque é subelétron vai saber de tudo?

— Às vezes tenho a impressão de que o general delira, sai fora da realidade. É um homem, não um deus, pode ter seus defeitos. Esse negócio, por exemplo, de sair matando andróginos, embora correto em princípio, de acordo com os nossos conceitos de eutanásia social e moral, foi taticamente errado. Precipitou as coisas.

— É inacreditável, você está se insubordinando contra o chefe! Há dois dias você próprio elogiava essa "limpeza"!

— Chega, Ramon, quero ouvir a opinião dos outros dois que até agora não falaram.

— Bem, quer dizer... a questão tem dois aspectos. — Cássio estava visivelmente embananado. — Por um lado devemos obediência cega ao chefe. Por outro, qualquer cego pode ver que a coisa está meio malparada e que pode feder pro nosso lado a qualquer momento. Me preocupa muito a prisão do Nogueirinha, ele sabe demais.

— O quê, por exemplo?

— Sabe que existimos. É o suficiente. No noticiário deu que ele e o tio revelaram tudo e estão colaborando com a polícia e aquele juiz canalha.

— E você, Celsius?

— Olha, estou com Silvano. Acho a situação um tanto periclitante. Acho que devíamos falar de novo com o general, expor essas dúvidas. Além disso, pelos meus cálculos, o próprio fundamento da operação é cientificamente duvidoso: vinte quilos de plutônio naquela massa toda de água não deverá provocar o efeito desejado. As consequências serão meramente psicológicas.

— Vocês estão completamente dementes, ele vai ficar furioso, não admite insubordinação! Uma coisa dessas é passível de pena de morte! Temos um dever a cumprir. Vamos cumpri-lo, temos que estar amanhã às cinco horas no Guandu e despejar lá dentro os vinte quilos de plutônio. E o importante são mesmo as consequências psicológicas! É isso e ponto final.

Ramon deu um murro na mesa e se levantou, começou a andar pela sala como um tigre enjaulado. Era alto, espadaúdo, tez mulata muito clara e um par de olhos verdes, mas bem diferentes dos de Cássio. Determinados.

41

— Não pode ser, você está mentindo!

— Juro, dr. Paulo. São esses quatro, todos uns loucos de pedra. Aliás só uns loucos poderiam seguir cegamente esse psicótico do Estrôncio!

— Não é possível... Olha, se você estiver mentindo, pode contar com o resto da vida na cadeia, seu merda!

Paulo Wolf perdera completamente as estribeiras com Nogueirinha. Quase pulou em cima dele, teve que contar até dez duas vezes para arrefecer a onda de horror e fúria que sentiu e que lhe dava uma vontade quase irresistível de socar a cara do depoente, tal o prazer que vislumbrara nos seus olhos no momento da confissão. Nogueirinha, fisicamente, uma réplica mais jovem e miniaturizada do tio, o advertira quase rindo:

— Vou lhe dar os nomes, seu juiz, já que o senhor tanto insiste, mas aviso logo, vai ter uma surpresinha nada agradável.

Depois de ouvir novamente a confirmação, Paulo saiu da sala, pálido e suando frio. Sentia a angústia de alguém que deve comunicar a um amigo a morte de um ente muito querido. Deteve-se no corredor e fez algo que não fazia há mais de cinco anos. Chamou o guarda e pediu-lhe um cigarro. Acendeu e ficou baforando, nervosamente, com as mãos trêmulas. Depois respirou fundo, tomou coragem e foi cumprir seu dever.

Balduíno estava no gabinete de Próton Nogueira se comunicando pelo videofone. Pela primeira vez nas últimas 48 horas, parecia animado. No vídeo aparecia a mecha rebelde de Lili Braga.

— Vou ficar ainda uns dois dias aqui na serra, descansando, depois volto e retomo a matéria. Estou chamando só pra ver se você está bem. Aqui estamos fazendo uns trabalhos espirituais pra te dar uma força. O Nando manda lembranças.

— Quem, o guru?

— Ele não gosta de ser chamado disso.

— Tá bem. Legal, menina, bom falar contigo e ver que você se interessa por mim fora da reportagem.

— Somos amigos, Baldu.

— É, somos...

— Baldu, uma coisa. Era aconselhável que você tomasse especial cuidado nos próximos três dias. Quem pediu pra avisar isso foi Rovena, a astróloga daqui. Ela acerta quase sempre. Teu trânsito astral tá meio complicado, carregado.

— Gozado, tou me sentindo bem melhor e o caso tá chegando ao fim. Desbaratamos toda a rede de tráfico de material radioativo e a prisão do Estrôncio é apenas questão de tempo.

— Mesmo assim muita atenção, todo cuidado é pouco.

— Tá legal, menina, volte logo.

A carinha dela sumiu, o vídeo esverdeou e Balduíno ficou pensativo. Depois concluiu que era tudo bobagem, e sorveu um longo gole de café que a robete de Próton lhe serviu. Enfim um bom café.

Aí Paulo Wolf entrou na sala muito pálido e suado. Balduíno ficou meio impressionado com a cara dele, de costume tão saudável e descontraída. Mesmo naqueles últimos dias em que o juiz tinha trabalhado quase vinte horas por dia, interrogando os indiciados e instruindo o processo, sempre conservara um bom humor contagiante. Agora entrava na sala com aquela cara de mau agouro. Balduíno se sobressaltou e se crispou imediatamente. O maníaco da pistola "L" devia ter atacado novamente. Deus sabe o que fizera. Alguma catástrofe.

— Paulo, que cara é essa?

— Zé, preciso falar contigo...

— O que houve, o Estrôncio atacou de novo, não foi?

— Não, Zé.

Paulo Wolf parecia que não ia conseguir falar, abriu a boca duas ou três vezes antes de sair qualquer som, Balduíno começou a ficar nervoso.

— Desembucha logo, homem, o que houve?

— Zé, o Nogueirinha me abriu o nome dos Filhos da Luz, que são ao todo quatro, todos da tal juventude atomista dos Filhos de Plúton. Quatro garotos estão metidos com o Siliconpênis. Os *megaton boys*.

— Só quatro? Tudo bem. Pensei que fossem mais elementos. Não vai dar nenhum trabalho, a gente prende todos hoje mesmo... Não entendo o drama...

— Seu filho, o Ramon, é um deles.

42

Ele estava bêbado. Não muito bêbado, mas o suficiente para decidir voltar para casa a pé. Subiria a ladeira acompanhando o trilho do bonde, sem muita pressa, suaria um pouco, aproveitaria para concatenar ideias e ir processando as caipirinhas no organismo. Seria meio cansativo, mas valeria a pena. Se pegasse a moto agora se arriscaria a sofrer um acidente. Era melhor deixá-la ali mesmo em frente ao bar até a manhã seguinte. Uma boa caminhada lhe garantiria um sono tranquilo e, quem sabe, a possibilidade de acordar Paula muito delicadamente e fazer amor com ela. Se chegasse em casa, agora, nesse estado, a tendência era enjoar, vomitar e brochar. Além do que, não havia pressa. Era madrugada de uma sexta-feira maneira, nada de muito urgente, apenas terminar o quadro.

Foi subindo numa cadência não muito apressada, mas segura, as ladeiras sinuosas de Santa Teresa. Eram quase quatro da matina, e o trânsito, pequeno. Apenas os bondes que circulavam, regular e pontualmente, de 15 em 15 minutos, e alguns carros elétricos, uma ou outra moto quase silenciosa. De vez em quando parava para olhar lá embaixo as luzes da cidade. Gostava de apreciá-la assim, pela alta madrugada, e reconfortava-o pensar que aquela região tinha mudado pouco. Era pelo menos o que os mais velhos diziam. Há quase quinze anos não se construía mais na cidade velha e todas as obras eram no sentido de fazê-la mais confortável e mais atraente. Grandes murais coloridos por toda parte, casarões restaurados. Ele não parava de apreciar e admirar esses trabalhos. Gostava sobretudo do painel que ele próprio pintara ao longo de um muro comprido de várias dezenas de metros. Custara quase um mês e foi naquele muro que conhecera Paula, uma estudante de Belas Artes.

Ele passou pelo muro bem devagar, mas não chegou a parar, achou que não teria sentido parar e ficar olhando pela milésima vez para a sua própria obra. A todo bom artista é permitida uma certa dose de narcisismo, mas existem limites, e ele, naquele torpor de bebedeira, pensava justamente que o seu limite era não parar ali para ficar apreciando um mural que conhecia tão de cor e salteado. Seria capaz de vislumbrar e descrever os mais minuciosos detalhes, o tipo de pincelada, a mistura exata das cores. Continuou caminhando pela calçada, contando os paralelepípedos, vendo os gatos se esgueirarem na noite, subirem os muros e ficarem miando para a lua cheia. E que lua! Uma bola branca gorda e alegre.

Continuou a subir a Almirante Alexandrino, passou diante do castelo onde morava Luc e ouviu um som de saxofone não muito alto e uma voz rouca também ganindo para a lua. Aqueles loucos ainda estavam ensaiando, para horror dos vizinhos que dormiam cedo. Por causa das reclamações, Luc forrara seu cubículo de um material isolante acústico, que ele não lembrava mais o nome. O som baixara bastante, mas não desaparecera de todo e os vizinhos continuavam reclamando. Ele não, até curtia ouvir de madrugada aquela música sempre alegre e sensual. Mas naquele momento ela era supérflua. A lua dominava o espetáculo.

Finalmente chegou em casa. Digitou a senha, a porta da rua se abriu, depois se fechou, ele subiu os dois lances de escadas. Nova senha, e entrou no seu pequeno apartamento, dando de cara com o pai sentado no sofá com o rosto entre as mãos. A surpresa o fulminou como um raio. Sua primeira reação foi de puro pânico, pensou que algo tivesse acontecido com Paula, mas no instante seguinte viu-a sair da cozinha, com duas xícaras de chá.

José Balduíno tirou as mãos da cara e Zeca ficou ainda mais estupefato. Ele tinha chorado.

— Zeca, vim aqui falar com você.

— Pai, que foi que houve? Aconteceu algo? Morreu alguém?

— Não. Não morreu ninguém. Vim falar com você sobre o Ramon...

— Pô, pai, mas a essa hora?

— Zeca, é muito grave, preciso saber.

— O quê? Ele sofreu um acidente?

— Não. Recebi uma informação que me deixou muito preocupado. Desculpe eu ter vindo assim sem avisar, a essa hora, você sabe que não sou disso. Mas preciso saber. Saber se você sabe...

— Se sei o quê?

— Você tem visto o Ramon? Sabe com quem ele tem andado?

— Não vejo o Ramon há uns quatro meses. Você sabe, a gente não se dá lá muito bem. Aliás você é um dos motivos. Ele fecha cem por cento com mamãe, concorda com todas aquelas coisas horríveis que ela diz a seu respeito e com as exigências dela. Acha que ela é vítima, e você, o carrasco. Eu procuro ficar bem com os dois e acho ele meio hipócrita, pois nunca abriu o jogo direito com você e ainda por cima vive pedindo coisas.

— Bom, até aí eu sei. Finjo não saber, mas sei. Mas não é isso. Os nomes de Cássio Werner, Celsius Mabuse Júnior e Silvano Gema te dizem alguma coisa?

— Acho que o Ramon tem um amigo chamado Cássio, um cara loirão, meio esquisito, um tipo muito violento. Tivemos uma discussão feia na última eleição. Depois não vi mais. Por quê?

— Deixa eu saber um pouco mais, depois explico.

— Cê não perde o hábito, hein?

— Por favor, Zeca, o negócio é importante. Receio que o Ramon esteja metido num negócio muito grave.

— Que negócio?

— Um grupo de loucos relacionado ao major Estrôncio Luz, aquele assassino da pistola "L", que eu ando caçando há mais de um mês. Ele foi apontado por um dos cúmplices da rede de traficantes de plutônio, que tem saído nos jornais e no noticiário. Você não acompanha o caso?

— Mais ou menos. Olha, o tal Cássio era neofascista, fazia parte dos grupos de choque que andaram agredindo gente nos comícios, nas últimas eleições. O Ramon tem merda na cabeça, se deixou levar também, mais pelo lado aventuresco da coisa. Ele gosta de briga, de bater, de tirar uma de macho. Discutimos muito e uma vez botei ele pra fora de casa. Imagine que ele veio defender aquele cara que tinha matado a mulher. Aquele que você prendeu, lembra? Influências do vovô Aprígio, pai da mamãe. Legítima defesa da honra, em pleno século XXI!

— Vocês brigaram por causa disso, por um caso de mais de três anos atrás?

— Não foi bem isso. Isso foi o começo, depois ele começou a defender umas ideias loucas sobre eutanásia. Disse que era a favor da eutanásia social, política, cultural e demográfica. Falou um monte de besteiras. Disse que a guerra nuclear no Oriente

Médio tinha sido ótima. Só lamentava que muitos judeus e árabes ainda tivessem sobrevivido. Disse que os grandes problemas do Brasil eram o excesso de gente e as eleições, que a gente precisava era de um homem forte pra diminuir a população, essas coisas. Tudo as ideias de Cássio na boca dele.

— Não sabia de nada disso. Nunca pensei que o Ramon se interessasse por política.

— É, o Ramon não se interessava, mas de uns meses pra cá, acho eu que por influência desse tal Cássio, ele virou um cara ativo. Ouvi dizer, inclusive, que eles recebem treinamento paramilitar e tudo. Tem um tremendo arsenal na casa dele.

— Então é verdade?

— O quê?

— É verdade que ele está metido com o Estrôncio Luz?

— Não sei, você é que está dizendo...

Balduíno se levantou lentamente como se ele, e não Zeca, é que tivesse bebido seis doses de caipirinha. Mas ele nunca bebia em serviço, estava tonto era de tanto apanhar. Parecia um boxeador espremido no canto depois de um *round* demolidor.

Com um andar incerto, foi até a porta e se despediu. Quando já estava na escada, Zeca foi correndo atrás e gritou:

— Papai, o que você vai fazer?

— Vou ter de prendê-lo.

43

Ramon botou a pistola 9 mm na cintura e olhou com desprezo para os outros três:

— Vocês são todos uns frouxos. Passamos meses nos preparando, e quando chega a hora H, se encagaçam todos, abandonam o chefe. Posso não entender muito de teoria do atomismo, mas tenho colhão. Cássio, não entendo você! Vai deixar eu ir sozinho? Vai ficar com esse covarde?

— Covarde, não! — protestou Silvano. — Estou pensando no futuro da causa.

— Tá nada! Tá pensando só em tirar o cu da seringa. É frouxo e cagão. Você nunca me enganou, você é homem do Próton Nogueira e do Nogueirinha, taí só pra espionar o chefe!

O subelétron, assim insultado, saltou no meio da sala em posição de caratê. Mais rápido, Ramon mandou-lhe um coice violento no baixo-ventre e ele se esparramou urrando de dor. Os outros dois ficaram imóveis observando-o se contorcer e, finalmente, Celsius foi até lá e passou a esticar e a flexionar suas pernas como jogador de futebol que tenta aliviar um colega de time atingido nos quibas.

Ramon teve um esgar de desprezo e resolveu ir embora. Pegou as chaves da moto de Silvano. Abriu a porta para sair. Nesse exato momento um homem grandalhão, de ombro empinado, máscara contra gases e um gancho no lugar da mão esquerda irrompeu feito um bólido no apartamento levando um tombo espetacular ao colidir com Silvano, que jazia no tapete, e Celsius, que o atendia.

Por uma daquelas hilariantes coincidências cinematográficas que só muito raramente acontecem na vida real, o detetive Tatau Padilha, depois de tomar boa distância, corria para meter o ombro na porta, no mesmíssimo instante em que ela era aberta, irritada e bruscamente por Ramon Balduíno.

Ramon e Cássio ficaram imóveis de olhos esbugalhados, recuperando-se do susto. Deram uns passos na direção daquela confusão de cabeças, troncos, braços e pernas embolados no chão, quando ouviram a voz vinda da soleira da porta:

– Polícia Metropolitana, estão todos presos!

Era Jarbas, também de máscara – o que fazia sua cara parecer com a de uma formiga gigante –, com uma bomba de gás paralisante na mão direita e um par de algemas na esquerda. Atrás dele, ajoelhado em posição de tiro, com idêntica indumentária e uma pistola em punho, Castelo, o tira novato.

Mais por susto do que por determinação, Cássio tentou reagir, correu para pegar uma das armas sobre a mesa justo no momento em que Jarbas detonava a sua bomba. Uma nuvem de fumaça azulada se espalhou pela sala.

Cássio e os três homens caídos foram engolfados imediatamente pela nuvem, mas Ramon pulou para trás, se jogou no chão e atirou com sua pistola 9 mm atingindo Jarbas no peito. O projétil foi amortecido pelo colete à prova de balas, mas ainda assim fraturou o osso esterno do policial, que caiu desmaiado. Assustado, Castelo se escondeu atrás da porta enquanto Ramon rastejava para a cozinha do apartamento prendendo o fôlego. Abriu a porta dos fundos, correu em direção às escadas. Ao passar pelo rol que dava para a escadaria serpenteada atravessou, rapidamente, o campo de visão de Castelo, que descarregou o pente nele sem mirar. A arma de Castelo estava municiada não com balas, mas com pequenos dardos com uma droga utilizada para capturar vivos animais ferozes.

Ramon foi atingido na coxa. Ao contrário do que aconteceria com um animal selvagem, foi capaz de arrancá-lo, logo em seguida, recebendo apenas uma certa quantidade da droga, o suficiente para deixá-lo meio grogue, mas não para derrubá-lo.

Conseguiu, de alguma maneira, descer 27 lances de escadas e saiu do edifício pelo portão dos fundos. Deu a volta no quarteirão e viu a movimentação junto à entrada principal. Havia duas viaturas da Metropolitana paradas com seus motoristas e um agente. Um aparato pequeno, denotando uma operação improvisada. Parada no calçadão diante da entrada, óbvia, e, no entanto, completamente despercebida, a Honda-3000 turbo de Silvano com suas duas caixas de chumbo no bagageiro.

Ramon se escondeu atrás de um carro parado e minutos mais tarde assistiu à chegada de um Pégaso que pousou no meio da rua, aumentando mais ainda a confusão e a multidão de curiosos, à qual ele logo se misturou, discretamente, apesar da tontura que sentia. Viu sair do aparelho o inspetor José Balduíno. Seu pai, seu inimigo.

— Seus filhos da puta! Eu mandei que armassem o cerco ficassem me esperando. Quem mandou a equipe subir?

Quase descontrolado, Balduíno sacudia o colarinho de um dos seus homens que ficara lá embaixo.

— Foi o dr. Plutarco Vaz, pessoalmente, quem deu a ordem, pelo rádio. Não pude fazer nada. Tatau, Jarbas e Castelo ainda esperaram cinco minutos pra ver se o senhor chegava. Aí veio nova ordem pra agir imediatamente. Eles levaram o equipamento que o senhor indicou, mas parece que houve resistência. Ouvimos tiros, mas não vimos ninguém sair.

Balduíno estava lívido. Finalmente Plutarco se vingara, e da maneira mais sórdida possível. Se antecipando, impedindo-o de estar presente. Muniu-se de uma máscara, passou outra para Paulo Wolf e ambos subiram.

Aquela viagem de elevador foi, com certeza, o pior minuto e meio que José Balduíno já passara na vida até então. Em flashes sucessivos de um audiovisual enlouquecido se lembrou de tudo. Ramon nascendo na maternidade. Nas fraldas, na mamadeira. Aprendendo a jogar futebol. As tantas vezes que o punira. As surras, a educação severa autoritária, muito diferente da que dera a Zeca, que veio depois. A adolescência desajustada dele, sempre mal nos estudos e bem nos esportes. As brigas conjugais com Glória diante do menino. O silêncio, a falta de comunicação. O afastamento dos cinco últimos anos. A suspeita que algumas vezes o assaltara de que Ramon, no fundo, o odiava, sempre dissipada pelas palavras do seu analista que a atribuía ao seu próprio complexo de culpa e de rejeição. Um turbilhão de pensamentos embolados num poço viscoso de ansiedade.

Finalmente o elevador chegou. Ambos entraram no apartamento e se depararam com a cena. No chão do hall de entrada, Castelo, prestando os primeiros socorros a Jarbas, que gemia de dor. Lá dentro, quatro corpos prostrados, respirando, em sono profundo.

Cássio caído na copa e, na sala, Silvano, Celsius e Tatau Padilha, engavetados. Tatau, na queda perdera a máscara, e também aspirara o gás paralisante. Ia dormir umas duas horas.

— Cadê o outro?

— Fugiu pela escada — respondeu Castelo, indicando o caminho.

E se lançaram em carreira desabalada escadas abaixo apenas para escutar, já na altura do segundo andar, o ruído de uma motocicleta se afastando. Ramon tinha fugido com as duas caixas de plutônio nas barbas dos agentes.

Foi só quando viram aquela moto abrindo caminho entre a multidão assustada é que eles começaram a suspeitar de algo, mas tarde demais. O motoqueiro tinha dobrado a esquina e desaparecido no trânsito.

44

A tontura estava piorando. Ramon fazia um esforço sobre-humano para manter o equilíbrio. O que sentia lembrava uma vez que tomara Mandrix. O corpo todo pastoso, as pálpebras de chumbo, e as ideias gordas, mas pouco claras. O vento cortante no rosto ajudava a manter um mínimo de lucidez, mas não o suficiente.

"A missão. Só contra todos. Ele vai reconhecer meu valor. Sempre me considerou o menos confiável dos quatro por eu ser filho de Balduíno. Me aceitou porque Cássio insistiu e eu trazia informações, mas não confiava. Achava que eu não entendia direito os princípios, a política da causa, o espírito da coisa. Agora vai ver que sou o único que se manteve fiel. Apesar de ser filho desse crioulo miserável. Nunca me aceitou. Sempre o Zeca, sempre o Zeca, nunca eu. Desde pequeno. Encostava o dedo no Zeca, levava uma surra dele. Sempre protegendo o Zeca, sempre elogiando, todo embasbacado com aquelas mariquices de artista. Pintor. Bichona! Sempre me chamando de burro, que não estudava. Grande bosta. E ele? Por acaso ele subiu na vida?

Fez algo? Um inspetorzinho de merda, dessa polícia de merda, incompetente. Covarde. Todo prosa, astro de televisão, rei das putas, só pensando em se promover. Desgraçou a vida de mamãe. Só lhe deu sofrimento. Uma pensão de merda. Miserável. Podre. Vendido. Tu nunca mais teve coragem de me bater, como tu fazia quando eu era menor, porque hoje ia te cobrir de porrada, seu Zé Balduíno. Seu crioulo. Pode acabar com ele, general, pode. Ele merece o listão da eutanásia. Tá vendo, Zé Balduíno, cresci agora, sou mais que você, ganho de você em qualquer parada. No braço, no tiro. Você não é nada. Você é um escravo."

O cérebro de Ramon parecia funcionar em banda dupla. Num canal o desabafo, a enxurrada, o discurso da sua vontade, ecoando na sua cabeça, mais alto que o barulho da máquina, ou o uivo da ventania. O outro, o de piloto de mãos crispadas no guidom, que acelerava, fazia curvas, prestava atenção na estrada, ia ficando mais lento, como um disco parando na hora de faltar a corrente. O torpor, a sonolência, afinal tudo aquilo seria um sonho, um sonho de metal e de vento. Sonhar, dormir. Sair fora.

45

Duas ou três testemunhas viram. O motorista de uma perua elétrica de entregas, carregada de ceras e sapólios. O outro motoqueiro, uns trezentos metros mais atrás. O motorista de um velho caminhão de cimento que trafegava em sentido contrário. Esse foi quem viu melhor. Viu quando o motociclista da Honda-3000 turbo, sem capacete, saiu da sua pista, invadiu a contramão, passou pelo acostamento do outro lado, subiu o gramado e foi projetado no espaço. Deu uma cambalhota no ar e caiu de costas, enquanto a moto continuava mais alguns metros, sozinha, avançando na vegetação como uma ceifadeira.

Os três pararam para atendê-lo e a polícia ainda não conseguiu saber se foi o da perua, o do caminhão ou algum dos pedestres que sumiu com as caixas de chumbo que levava no bagageiro e que provocaram o alerta geral em todo o Estado do Rio de Janeiro e continuavam a ser procuradas, com grande afinco, pela polícia, bombeiros, defesa civil, guarda verde e boa parte da população, histérica. Sabe-se que não foi o motoqueiro. Esse, movido pela solidariedade entre os de duas rodas, ficou até o fim e estava ao lado do ferido quando chegou a polícia e, logo depois, a aeroambulância com sua UTI. Fez questão de acompanhar o rapaz até o hospital. Viu que estava vivo e ainda ouviu o médico dizer:

— Fraturou a espinha. Se sobreviver, como parece que vai, fica paralítico. — A mesma frase o médico repetiu para aquele policial negro, à paisana, na entrada do hospital, que parecia assim tão preocupado. O motoqueiro não soube direito por quê. Viu tudo cheio de polícia e achou que o rapaz devia estar sendo procurado. Deu umas explicações que eles aceitaram, deixou o videofone e o endereço e pediu para ser levado de volta para o local onde deixara a sua moto. Na volta, veio meio arrependido de ter acompanhado o rapaz na ambulância. Tinha perdido um tempão, ia chegar atrasado a um encontro com a namorada e ainda por cima perigava ter que ir depor ou algo assim. "Tem dias que a gente sai de casa com azar", pensou. Depois, pensou que perto do azar daquele rapaz, o seu era sorte. E ficou em paz com a sexta-feira.

46

Estrôncio conhecia como a palma da mão aquele local e rastejou pela praia até à cerca de alta tensão. Estranho, a guarita parecia vazia, o que iria lhe economizar bastante tempo; não teria necessidade de cortar os arames e passar por baixo, no ponto cego que conhecia, junto ao areal. Calculou que deveria se aproximar a trinta metros do silo e que cinco segundos de fogo contínuo e concentrado no paredão seriam o suficiente para atravessar o concreto e o chumbo e fazer explodir o lixo radioativo estocado no silo 5. O macacão e a máscara antirradiações o impediriam de ser contaminado pela nuvem radioativa, que logo se espraiaria pela região.

Estrôncio passou por baixo da cerca, junto à guarita. Lentamente foi rastejando até às proximidades do silo 5, um depósito quase totalmente subterrâneo, mas com uma parte externa medindo um metro e meio de altura. Na medida em que se aproximava do objetivo começou a achar tudo fácil demais e muito estranho, a começar pela guarita deserta. Ficou imóvel durante quase meia hora só perscrutando as redondezas e se autorrecriminando por ter esquecido de pegar com Silvano seu binóculo infravermelho. Imaginou que o inimigo devia ter esse equipamento, o que lhe dava evidente superioridade tática. Depois raciocinou como ele, Estrôncio, teria montado uma ratoeira naquele local. Claro, desguarneceria a guarita, colocaria atiradores postados nas partes no perímetro, e assim que o feixe de luz revelasse sua posição, abririam fogo. Sim, é evidente. Aquele crioulo safado e os homens do Praxedes estão esperando que eu ataque os silos, que são o alvo mais fácil. Não imaginam que eu ataque o Museu, a Unidade 1 ou 2, as velhas usinas, que são bem iluminadas e guardadas. Pois vão ter uma pequena surpresa.

E Estrôncio, muito lentamente, rastejou até o perímetro externo dos silos, desviou por um caminho entre as pedras, que só ele e alguns funcionários do Museu conheciam, e foi se aproximando lentamente da antiga usina de Angra 1. Contornou-a, e, de um ponto mais alto, viu os silos, o prédio dos laboratórios, e percebeu os atiradores postados nos telhados e nas torres de telecomunicação. Os idiotas. Voltou rastejando até a cerca eletrificada do outro lado e colocou debaixo dela uma bomba de plástico com um detonador de tempo marcado para vinte minutos. Uma ação diversionista, pensou, e novamente foi em direção à velha usina pioneira. Ao longe parecia um brinquedo de criança, daqueles de armar, um cubo sobre um quadrado. Pensou que era desnecessário, afinal, o binóculo infravermelho. A lua quase cheia que apenas começara a minguar era o suficiente para ele detectar a localização de cada um daqueles atiradores. Ele conhecia o local como a palma da mão, seria capaz de se locomover silenciosamente por ali, de olhos fechados. Lenta, mas seguramente, foi progredindo, escolhendo sempre os pontos cegos, os lugares em que era impossível avistá-lo lá de cima.

Olhou o relógio e parou um pouco para fazer seus cálculos. Faltavam 11 minutos. Começaria pelo reator e pelo laboratório ao lado. O reator chamado de demonstração era, na verdade, o que Próton Nogueira utilizava para queimar urânio-235 e obter o plutônio-240 e 242, menos potentes que o 239, que extraía de um outro reator, menor, mas perfeitamente apropriado para a utilização militar. Na sala ao lado do reator, havia quase uma tonelada estocada em caixas de chumbo especiais, como aquelas que conseguira levar para a ilha. Para evitar que o material formasse a massa crítica entrando em combustão, cada uma daquelas caixas continha outras, menores, onde ficava acondicionado o plutônio, e que nunca comportavam mais de três quilos cada uma. Naquela sala havia ainda contêineres com outros materiais radioativos: césio-137, estrôncio-90, iodo radioativo, restos de urânio-235. Sem contar com o urânio do reator propriamente dito. Segundo seus cálculos, duas ou três estocadas laser seriam suficientes para irradiar o interior do prédio, e em alguns segundos de fogo contínuo, vazadas aquelas paredes de concreto e tubulações de água, contaminaria toda a área adjacente. Estrôncio não sabia medir exatamente o alcance, mas ouvira certa vez Nogueirinha fazer um cálculo das consequências de uma fusão do reator, ou de um *meltdown*, na época em que as usinas ainda produziam energia elétrica, e prever a contaminação de quase dois mil quilômetros. No caso, o estrago seria menor, mas era seguro que seus efeitos se alastrassem por um bom trecho da Rio-Santos, possivelmente até Angra dos Reis, e, quem sabe, Paraty.

"Vou fazer um belo estrago", pensou Estrôncio, "e, dependendo da confusão, quando eles todos se voltarem para o Museu, talvez eu ainda tenha uma chance de estourar os silos. Aí, sim, o serviço fica completo. Uma goleada." Olhou novamente o relógio. Hora H, menos três minutos.

47

A iminência do duelo final e o gosto do perigo haviam limpado um pouco o astral de Balduíno. Desaparecera aquela sensação horrível de desespero e de mágoa. Conseguiu se livrar, por uns momentos, da lembrança de Ramon, imóvel, cheio de sondas e drenos lá na UTI. Agora sabia que ele sobreviveria, mas em que condições! Imaginou-o numa cadeira de rodas, e a ideia lhe deu calafrios. Lembrou-se também de Glória chegando no hospital, armando escândalo, acusando-o, já de saída, da morte do filho que, afinal, estava vivo.

Por uma vez a imprensa decidiu colaborar com um sigilo de 24 horas. Lili Braga, logo que soube do envolvimento de Ramon e da captura dos quatro Filhos da Luz, voltou apressadamente do seu descanso e foi até o hospital. Mike Fontourinha chegou pouco mais tarde, ao mesmo tempo que Paulo Wolf, que acabara de terminar o interrogatório inicial de Cássio Werner, o primeiro a acordar e também o primeiro a dar com a língua nos dentes.

Ficaram assim sabendo do plano sinistro para aquela madrugada de sábado. Estrôncio atacaria os silos de Itaorna e seus quatro cúmplices despejariam vinte quilos de plutônio nas águas da Adutora do Guandu. A segunda e mais perigosa parte do plano abortara, embora fosse sumamente alarmante o azarado furto das duas caixas de chumbo por meliantes de ocasião ainda não identificados, que a polícia inteira caçava sem revelar bem as circunstâncias.

Quanto à primeira operação, Paulo Wolf, Balduíno e Praxedes, vencida a resistência inicial do primeiro, dispuseram a organização de uma emboscada para abatê-lo quando se aproximasse dos silos. Lili Braga e Mike Fontourinha se comprometeram a segurar toda a informação até a manhã do dia seguinte, quando tudo já estaria resolvido para o bem ou para o mal. Assim, naquela noite, a população não soube dos perigos que a espreitavam, nem da prisão dos quatro jovens, muito menos da constrangedora coincidência de um deles, o acidentado Ramon Balduíno, ser nada menos que o filho do homem que liderava a caçada humana ao maníaco da pistola "L". O assunto ia dar pano para mangas, mas somente a partir da manhã de sábado.

Mike Fontourinha se comunicou com a emissora e avisou apenas ao dr. Edmilson que teria um novo e sensacional furo no sábado, mas que o preço disso era baixar a bola nos noticiários da noite de sexta-feira, a não ser no particular das duas caixas de chumbo. Para não alertar Estrôncio de que algo acontecera com seus cúmplices, o noticiário falaria das caixas como sendo aquelas que o Siliconpênis levara na sua fuga subaquática, e se lançaria no ar a versão de que o assassino estava no Rio de Janeiro e podia tê-las abandonado na sua fuga. Nenhuma menção aos quatro jovens. Acompanhava uma foto descritiva e um alerta para quem as encontrasse. Balduíno e Praxedes foram contra o noticiário, achando que, mesmo nesses termos, poderia alertar Estrôncio, mas Paulo Wolf se mostrou inflexível. Antes de tudo a segurança da população. Era provável que, com o noticiário, os gaiatos que as roubaram descobrissem o perigo e avisassem as autoridades. Mas até à meia-noite, hora em que todos seguiram de volta para o Museu, ninguém tinha telefonado.

Vinte quilos de plutônio andavam por aí nas mãos de um ladrão de galinhas qualquer. As caixas eram muito difíceis de abrir, para quem não tivesse a senha da fechadura, mas havia o risco de alguém querer resolver o problema com um maçarico. Era bom nem pensar...

Balduíno se despediu de Lili Braga e Mike Fontourinha, que ficaram na Rio-Santos, num ponto com vista panorâmica para toda a Praia de Itaorna, o Museu e os silos. Quando ele foi embora, Lili estava vestindo uma roupa de proteção antirradiações. Ela lhe desejara boa sorte e lhe dera um beijo, o que teve um efeito ótimo sobre o seu moral.

Sentia-se mais tranquilo, e a contagem regressiva o deixou muito frio. Pela primeira vez em muito tempo, sentiu voltar toda a sua autoconfiança.

Depois ficou esperando, escondido numas moitas com boa visão de quase todos os pontos do perímetro dos silos. Aí pensou: "Tudo isso é muito óbvio. Duvido que Estrôncio, aquela raposa, caia com tanta facilidade. Ele deve estar desconfiado da tranquilidade com que entrou e pode ter percebido os atiradores que postei nos pontos estratégicos. Tem duas opções: retroceder ou mudar de alvo. Pode até atacar o reator de demonstração, que é bem mais vulnerável que os silos. Meio segundo e aquilo explode e provoca um *meltdown*, segundo me garantiu Praxedes. As consequências não seriam tão terríveis quanto a explosão de um dos silos, mas ainda assim haveria forte contaminação, uma nuvem radioativa. Mas o que fazer agora? O dispositivo já está todo montado."

Balduíno resolveu improvisar e comunicou-se pelo rádio de pulso com Praxedes, a quem deixou no comando tático do dispositivo junto aos silos. Depois, sozinho, armado apenas com a escopeta e um binóculo infravermelho, foi andando em direção às velhas usinas.

Estava a menos de cem metros quando ouviu a explosão lá atrás, junto à cerca. Mas, numa estranha intuição, depois de hesitar um pouco, continuou andando rumo ao portão principal da velha usina desativada. A explosão fora perto dos silos, e Balduíno novamente parou e hesitou. Ouviu pipocarem tiros de fuzil. Eram os homens de Praxedes. Siliconpênis, afinal, atacara os silos; mais uma vez o enganara. Balduíno ia dar a meia-volta quando percebeu um vulto se aproximando do portão principal da velha usina desativada. Devia estar a uns cinquenta metros, talvez um pouco mais, mas não cabiam dúvidas. Viu-o se aproximar do vigia, ágil como um gato, a estocada de luz faiscar derrubando a sentinela, antes que conseguisse sacar o revólver. Com um clique seco, Balduíno destravou a escopeta calibre .12 e foi se aproximando. Mas o vulto já estava lá dentro.

Estrôncio entrou calmamente, abateu um outro guarda no caminho e foi estourando as portas trancadas à sua passagem. Sem muita pressa. Subiu as escadas e foi caminhando até a antiga sala de controle, imensa com todos aqueles painéis, mostradores e instrumentos que, no passado, haviam comandado a primeira usina nuclear do país. Aí tirou a máscara protetora que esquentava seu rosto e, suada por dentro, embaçava-lhe a visão. Ficou alguns segundos olhando em volta, saudoso, e depois tomou um elevador até o andar onde ficava o reator de demonstração. Aproximava-se a passadas largas e quase displicentes do seu objetivo quando todas as luzes se apagaram e ouviu um ruído atrás de si. Um homem o perseguia e tinha se escondido no fundo do corredor assim que ele se virou. Disparou três estocadas fulminantes na direção do barulho. Os raios tiraram pedaços de cimento das paredes e encheram o corredor de pó. Do outro lado, veio uma voz surpreendentemente tranquila, pausada.

— Major Estrôncio, o senhor está preso. Renda-se e prometo poupar sua vida...

— Zé Balduíno? Seu crioulo escroto, tou aqui te esperando, pode vir.

— Você está completamente cercado, não tem escapatória, renda-se.

— Ah, não tenho não?

Estrôncio soltou uma risada, mas ela soou meio azeda. Na verdade, não esperava aquele encontro assim tão cedo. Eles tinham sido mais espertos do que imaginara, a manobra diversionista tinha falhado. Aí percebeu que falara demais, Balduíno não devia ter a menor esperança de que ele se entregasse, ainda mais com aquela arma capaz de varar qualquer cerco. Quis apenas checar sua posição. Estrôncio percebeu isso e se afastou. Entrou pela porta que dava para uma galeria cheia de tubulações, que terminava numa parede contígua ao módulo do reator, através dali seria mais fácil. Ia recolocar a máscara quando ouviu o tiro de escopeta e a detonação surda, a alguns metros de distância, no meio da penumbra. "Esse babaca está atirando a esmo", pensou. Ele se viu envolto numa espessa nuvem acre, tóxica, horrível. Gás lacrimogêneo, porra!

Tossindo, disparando desordenadamente e recolocando a máscara, Estrôncio perdeu alguns valiosos segundos. Um dos seus raios rompeu a tubulação e uma torrente de água jorrou para dentro da galeria, limpando um pouco a nuvem de gás, mas aumentando a confusão.

Estrôncio apontou sua arma para a parede que supunha dar na sala do reator e premeu fogo contínuo. Foi abrindo um buraco circular e levantando uma nuvem de pó, que junto ao vapor e gás empesteavam a galeria, dificultando a visão. Foi de dentro dessa nuvem que surgiu o vulto de máscara agachado.

Balduíno mirou no meio do corpo do maníaco da pistola "L" em uma fração de segundo que separou a aparição do vulto de máscara da descarga da escopeta. Estrôncio virou sobre ele o jorro de luz prateado. Balduíno puxou o gatilho.

O major Estrôncio Luz foi atirado longe, suas vísceras espalhadas no chão: sangue, merda e silicone. Durante alguns segundos, sua precária consciência moribunda ainda vagou pela fumaça acre, pelo pó, pelo buraco da parede através do qual se via a silhueta do último reator nuclear ainda em funcionamento. Tentou dizer algo, praguejar, morrer heroicamente, mas simplesmente morreu. Em silêncio.

A alguns metros dali, o lagarto pardo de máscara se arrastava pelo chão agonizante. A sensação exultante do combate e a overdose de adrenalina no sangue pareciam ter se dissipado com o estrondo do calibre .12 e com o impacto da luz viva na carne queimando, que o antecedeu em um décimo de segundo. Estrôncio foi mais rápido e acertou na mosca, na altura do coração, sem perceber que Balduíno portava um daqueles escudos emprestados pelo Ministério da Defesa. A fibra ultradura resistira a fração de tempo suficiente para permitir a resposta. No mesmo instante do escopetaço, o feixe conseguiu fender o escudo, foi ligeiramente desviado e se espalhou em raios mais finos e fracos que atingiram o inspetor José Balduíno no peito, ombro, rosto e lado esquerdo da cabeça.

Ele sentiu o jorro transfixante, o cheiro da própria carne ardendo — cheiro de galinha queimada —, e pensou: "É assim que se morre". Sentiu-se sufocar dentro da máscara de gases e ainda tentou se arrastar agonicamente pelo chão molhado da galeria, até perder completamente o fôlego e os sentidos. Agora era apenas um lagarto pardo esmagado no chão.

48

Favo de mel fosforescente, gorda margarida de néon no penhasco entre os seios de Dois Irmãos, com aquele letreiro de lasers coloridos dançando no céu de piche. A aproximação se dá por pouso automático na frequência 36 TX.

Plim, plom. Boa noite, estimado casal. Aqui, Gardel, gerente informático do Olympus, às suas ordens. Queiram apresentar o cartão magnético na ranhura junto ao elevador "C". Está reservada a suíte 303. Muito obrigado. Bom proveito.

Ela abriu a cabine da nave e ajudou-o a sair. Colocou seu cartão na ranhura, dedilhou a senha. A porta do elevador se abriu automaticamente e embarcaram. Chegaram no nível 3 e foram em busca da suíte. Ele se deitou na cama, ajeitou os curativos. Ela foi ao banheiro fazer xixi. Ouviram-se os rumores aquáticos, torneiras e bidê. Finalmente a maçaneta girou, a porta se abriu e ela surgiu nua e maravilhosa com a sua mecha rebelde. Ele desviou a vista do telão para acariciar com os olhos aquele corpo esguio. Ficou esquecida no telão a imagem de Pepe Moscoso com sua bigodeira e seu olhar amendoado e meloso de *latin lover*, vinheta musical, lábios voluptuosos e dentes alvos a dar as boas-vindas:

— *Buenas, bienvenidos al Olympus Aerotel. Templo de tecnologia del prazer. Estamos muy contentos en colaborar con su libido. A casa les desea los mejores orgasmos posibles. Gracias. Esto és una grabación.* — E Pepe sumiu, dando lugar ao cardápio.

Na antessala há uma robete alerta sobre suas rodinhas, aguardando instruções. É Marivalda-3, recondicionada e ressuscitada graças aos esforços abnegados e horas extras do dr. Xuxu. Seu comando remoto, do tamanho de uma caixa de fósforos, jaz esquecido no carpete, ao lado da cama. O casal não faz pedidos.

No andar de baixo, Juvenal brinca de videogames com Carlos Gardel, que canta "Cambalache". O movimento é normal. Tudo sob controle. Uma solidão maravilhosa, enfim sós. Pepe já foi para a suíte, voltou para Isadora e Valentino, deve estar giletando...

E, realmente, como se Juvenal tivesse o dom de ver através daquelas paredes, lá está Pepe num ardente sanduíche entre ela e ele. Mas já no fim, no limiar do cansaço. O casal de érobos é insaciável com seu tesão de bateria, mas ele, Pepe, é apenas de carne e osso. Haja saúde!

O dono do Olympus se desvencilha de Isadora e Valentino e deixa os dois atrapalhados, na cama redonda, sem encaixar direito. Toma uma daiquiri e depois, com ar de travessura, vai até o painel do seu quarto. No peito pulsa aquele sentimento de graciosa revanche. Tinham confiscado suas câmeras infravermelhas das suítes e lhe aplicado uma bruta multa. Agora Pepe não tinha mais olhos dentro dos quartos.

Mas tinha ouvidos...

E Pepe Moscoso teclou, regulou e deixou o quarto ser invadido pelo som de "ais", de "hmms", gemidos, arrulhos, berros orgásticos, brochadas filosóficas e silêncios vindos daquelas quarenta suítes do Olympus Aerotel. E riu novamente do seu próprio comentário com Valentino:

— *Oye, flaco, que macana: ahora yo no soy más voyeur, soy un ecouteur!*

Não muito longe dali, no seu atelier cercado de corpos inertes de robetes e érobos, com infinita paciência, Lucrécio Sá, o dr. Xuxu, abre crânios, verifica circuitos, troca chips, conserta centros logocardíacos. Volta e meia ressoa aveludada a voz de Gardel com pedidos, instruções. Xuxu se desdobra abnegadamente e vai atendendo os robôs, um a um, e depois enviando-os para as respectivas suítes. O movimento não para. Vai ser uma noite daquelas.